青鸟

[比] 莫里斯·梅特林克 著
郑克鲁 译

北方联合出版传媒(集团)股份有限公司
万卷出版有限责任公司

ⓒ 莫里斯·梅特林克 2022

图书在版编目（CIP）数据

青鸟 /（比）莫里斯·梅特林克著；郑克鲁译. —沈阳：万卷出版有限责任公司, 2022.4（2023.12重印）
ISBN 978-7-5470-5720-9

Ⅰ. ①青… Ⅱ. ①莫… ②郑… Ⅲ. ①童话—比利时—现代 Ⅳ. ①I564.88

中国版本图书馆CIP数据核字（2021）第171223号

出 品 人：	王维良
出版发行：	北方联合出版传媒（集团）股份有限公司
	万卷出版有限责任公司
	（地址：沈阳市和平区十一纬路29号 邮编：110003）
印 刷 者：	辽宁新华印务有限公司
经 销 者：	全国新华书店
幅面尺寸：	145mm×210mm
字　　数：	120千字
印　　张：	6
出版时间：	2022年4月第1版
印刷时间：	2023年12月第2次印刷
责任编辑：	史　丹
责任校对：	刘　洋
封面设计：	李英辉
封面绘图：	周阿嫣然
版式设计：	展　志
ISBN 978-7-5470-5720-9	
定　　价：	32.00元
联系电话：	024-23284090
传　　真：	024-23284448

常年法律顾问：王 伟　版权所有　侵权必究　举报电话：024-23284090
如有印装质量问题，请与印刷厂联系。联系电话：024-31255233

译 序

郑克鲁

比利时戏剧家莫里斯·梅特林克是欧洲象征主义戏剧的代表，用法文写作，获得1911年度的诺贝尔文学奖。授奖词称他的"作品风格具有明显的创意和独特性，全然不同于传统的文学形式，在他笔下流露出来的理想主义特质，把我们引向至高的神圣境界，并紧扣我们的心弦"。

1862年8月，梅特林克生于比利时的根特，这个城市的居民大多信奉天主教，保守而富裕，是佛兰德斯地区的文艺复兴活动中心，对象征主义思潮做出过贡献。梅特林克先在根特大学学法律，1886年到巴黎继续学习法律，但他抛弃了律师职业。他结识了巴那斯派[①]诗人，随后发表了一本诗集《温室》(1889)，且受到好评。这本诗集探索人的精神世界，将人的灵魂说成被奄奄一息地封闭在温室

---

① 又称"高踏派"，注重客观事实、理性，追求形式美。

之中。当时正是象征主义诗人活跃于文坛的时代，梅特林克的早期剧作便受到了象征主义的影响。象征主义在诗歌创作上成绩斐然，但是在戏剧舞台上建树不多，唯有梅特林克一枝独秀。他的第一部剧作《玛莱娜公主》（1889）已引起评论界注意。1890年至1891年，他发表了三部曲：《不速之客》《盲人》和《七公主》。《佩利亚斯与梅丽桑德》（1892）是他的一部重要剧作，使他成为象征主义剧作重要的代表，后来该剧作由德彪西谱成歌剧。1896年，梅特林克定居巴黎，接二连三地发表剧作，其中有《莫纳·瓦娜》（1902）、《乔赛尔》（1903）、《青鸟》（1908）等，并发表了几部散文集，如《卑微者的财富》（1896）、《明智和命运》（1898）、《蜜蜂的生活》（1901）、《白蚁的生活》（1926）。第一次世界大战后，他住在法国南方。比利时政府授予他伯爵称号。第二次世界大战期间，他移居美国的佛罗里达州，直到1947年才返回法国。1949年5月，梅特林克逝世于尼斯。

梅特林克的戏剧与古典主义戏剧不同，不采用重大题材，不求唤起观众的怜悯和恐惧。他的戏剧与浪漫主义戏剧也不同，没有英雄，即使国王、神仙也像平常人。他不写主人公如何战胜命运，而是描写主人公被动地接受命运，听任命运的摆布，只有少数剧作描写主人公去寻求更好的命运。梅特林克笔下的正面人物是美与善的化身，反面人物则是丑与恶的代表。他的作品虽然带有忧伤的情调、悲观的色彩和明显的宿命论观点，但他通过对弱者的同情、对美的歌颂、对光明的渴求，给予观众向往正义的感受。他的语言充满诗意。他的戏剧往往带有梦幻色彩，在梦幻中隐藏事物的本质，舞台意境似梦非梦，也具有象征意义。关于象征，梅特林克说过一段话："我相信有两种象征：一种可以称为先验象征……它从抽象出发，竭力让这种抽象具有人性。这种象征深深触及寓意，其典范是《浮士德》第二部和歌德的某些故事……另一种象征更多是下意识的，是诗人在不知不觉中产生的，几乎总是远离他的思想：这种象征产生于人类的天才创造，其典范存在于埃斯库罗斯的戏剧中。"梅特林克的象征可以说是这两种象征手法的综合，它也体现在《青鸟》这一剧作中。

《青鸟》是梅特林克的代表作，此剧于1908年在莫斯科第一次被搬上舞台。这是一部童话剧，集神奇、梦幻、象征于一炉。故事描写圣诞节前夜，穷樵夫的一对儿女蒂蒂尔和米蒂尔盼望得到圣诞礼物，但他们只能望见旁边宫殿里灯火辉煌的盛况。他们平静地睡着时，梦见仙女请他们为她病重的女儿寻找象征幸福的青鸟。仙女给了他们一颗有魔力的钻石，他们转动钻石，便出现各种景象。他们在光、水、面包、火、糖、奶、猫和狗的陪伴下，见到了各种奇景，经历了千辛万苦，克服了千难万险，青鸟却总是得而复失。梦醒后，蒂蒂尔把自己心爱的斑鸠送给邻居，斑鸠变成了青鸟，原来青鸟就在身边。剧本表明，只有甘愿把幸福给予别人,自己才能得到幸福。

梅特林克一生喜爱孩子,他在《青鸟》中描绘了孩子童年的快乐生活,也展示了穷人家的孩子童年的悲惨状况。梅特林克认为,孩子之所以有幸福,是因为有母爱。母爱是超越贫富的,母爱的财富是无尽的,凡是喜爱自己的孩子的母亲全都是富有的,没有长得丑的,也没有老的……她们的爱永远是最美好的欢乐。当她们悲伤的时候,只要得到孩子的一个亲吻,或者吻一下孩子,泪珠在她们的眼睛深处就会变成星星。母爱使孩子们热爱自己的邻居,只有和大家共享幸福,才能拥有真正的幸福。

梅特林克认为,官能享受不是幸福。剧中第四幕第九场,蒂蒂尔一行来到幸福之园,遇到肥胖的幸福、产业主的幸福、虚荣心得到满足的幸福、无所事事的幸福等假幸福,他借"光"之口说,这些都是害人的,使人意志消磨。在有神力的钻石的光芒照耀下,个个肥胖的幸福像破裂的气泡,眼看着瘪下去……他们赤裸着身体,丑陋、干瘪,一副可怜相,只好逃到痛苦洞穴中。梅特林克认为,世界上的幸福很多,超过了人们所想象的,大部分人却视而不见。幸福实际上就在身边,如家庭和睦、身体健康、拥有母爱、公正等,都是快乐。但真正的幸福需要用心去寻找,去探索,去发现。

不过,人在寻找幸福的路途中会遇到重重阻碍,黑暗、死亡、怯懦会布下无数陷阱。梅特林克号召人们在光明的指引下去寻找代表幸福的青鸟，揭开"使生命遭受灾难的一切奥秘"。他指出，"所有不幸、灾祸、疾病、恐怖、浩劫"都无法阻挡人们前进的步伐。当人们看到月色溶溶、看到星光灿烂、看到朝霞升起、看到灯火闪亮的时候，幸福就在那里；当人们的心灵里迸发出美好、明亮的思想火花的时候，幸福就在那里。

寻找青鸟是孩子们做的一个梦，这个梦里有现实世界的种种困难、贫穷、饥饿、死亡、虚伪。梅特林克认为"我们自我的反光就投射在这场梦幻中"，梦是"我们真实而永恒不变的生活"，人们拥有这个自我，"比激情的或理性的自我更为深沉"。

《青鸟》将所有传统的童话题材糅合在一起，加以创新。它摆脱了梅特林克所受的悲观主义的影响（这也是象征主义的特点），表达了对生活的信心和对死亡的藐视，礼赞了美与光明，讴歌了理想和乐观主义，展示了一幅幅迷人而又梦幻般的景象。它是一部深受孩子们喜爱，同时又让成人获得新颖的视觉感受的优秀剧作。

目 录

人物服装　001

人物表　005

第一幕　　第一场　　樵夫的小屋　009
第二幕　　第二场　　仙宫　031
　　　　　第三场　　思念之土　040
第三幕　　第四场　　夜之宫　055
　　　　　第五场　　森林　073
第四幕　　第六场　　幕前　097
　　　　　第七场　　墓地　100
　　　　　第八场　　幕前　105
　　　　　第九场　　幸福之园　108
第五幕　　第十场　　未来王国　131
第六幕　　第十一场　告别　153
　　　　　第十二场　睡醒　162

注　释　174
附录：梅特林克年表　176

人物服装

蒂蒂尔：穿贝洛[1]童话故事中小拇指的服装，朱红色短裤，浅蓝色短上衣，白袜，深黄色皮鞋和高筒靴。

米蒂尔：穿甘泪卿[2]或小红帽的服装。

光：　穿白色长裙，能像光线一样闪射出白金般银辉的罗纱裙，"新希腊"的款式，或者是瓦特·克兰设计的"盎格鲁－希腊"式，甚或略带第一帝国时期那种样式；高束腰，双臂袒露；"高冠"发式或"轻冠"发式。

仙女贝丽昌娜及女邻居贝兰戈：穿童话中穷女子的古典服装。第一幕仙女变为公主一段亦可略去不演。

蒂蒂尔的父母和祖父母：穿格林童话中的德国农民和樵夫的传统服装。

蒂蒂尔的兄弟姐妹：穿略有变化的小拇指的服装。

时　间：穿时间老人的服装，黑大氅或深蓝色大氅，白花花的飘拂的大胡子，手持镰刀和沙漏。

母　爱：穿与光相近的装束，戴着柔软、几乎透明、白得耀眼的面纱，像蒙住希腊石像所用的那种。身上戴满珍珠宝石，富丽华贵，但要无损于整体纯洁和真挚的和谐。

众欢乐：如第九场所述，穿闪光的长裙，色泽柔和，富于变化，宛如沉睡初醒之玫瑰、水波的微笑、琥珀的晶莹、黎明的苍穹等色彩。

众家庭幸福：穿各色长袍，或穿农夫、牧童、樵夫的服装，但要理想化，有仙人服装意味。

众胖子幸福：在变形前穿宽大厚实、红黄两色织锦大衣，戴着又大又沉的珠宝首饰。变形后穿咖啡色或巧克力色紧身衣，仿佛肠衣做的人形玩具。

夜：穿宽大的黑衣服，缀满神秘的星星，发出金褐色闪光。戴多层面纱，暗罂粟花的颜色。

狗：穿红色上衣，白短裤，漆长靴，闪亮的帽子，多少让人想起约翰牛[3]的服装。

猫：穿黑闪缎紧身衣。（猫和狗这两个人物的头须注意动物化）

面　包：穿巴沙式华丽服装：宽大的绸袍或朱红色织金线丝绒长袍，头盘大缠巾，佩土耳其弯刀，大腹便便，肉鼓鼓的红面孔。

糖：穿绸袍，像阉奴的式样，半白半蓝，令人想起包大块方糖的纸，发式也如阉奴。

火： 穿红色紧身衣，身披闪着光的朱红色织金线大氅；头戴火焰状羽冠，杂色斑驳。

水： 穿《驴皮公主》故事所说的那种长袍，即淡蓝或海蓝色，色泽明朗，像水波荡漾的轻纱，也是"新希腊"或"盎格鲁－希腊"款式，但比光的长裙更宽大、更轻飘。头插鲜花、水草或芦苇。

群　兽：穿民间服装或农民服装。

树　木：穿深浅不同的绿色长袍或树干色长袍。树叶要让人一看便知是什么属类。

女邻居的小姑娘：穿白色长裙，金黄色的长发闪烁着光。

人物表

(以出场为序)

蒂蒂尔→米蒂尔→蒂蒂尔的母亲→蒂蒂尔的父亲→仙女贝丽吕娜→众时辰→面包→火→狗→猫→水→奶→糖→光→蒂蒂尔的奶奶→蒂蒂尔的爷爷→皮埃罗→罗贝尔→让→玛德莱娜→皮艾蕾特→波莉娜→丽盖特→夜→睡眠→众幽灵→感冒→众黑暗→众恐怖→众星星→众夜的芬芳→众磷火→众萤火虫→众露水→众夜莺之歌→白杨→菩提树→栗树→柳树→橡树→枞树→山毛榉→常春藤→柏树→榆树→兔子→马→公牛→阉牛→母牛→狼→绵羊→猪→公鸡→山羊→驴→熊→众胖子幸福→有钱幸福→

私有幸福→满足虚荣心幸福→不渴而饮幸福→
不饥而食幸福→一无所知幸福→毫不理解幸福→
一无所为幸福→睡眠过度幸福→笑胖子→
众儿童幸福→众家庭幸福→健康幸福→
新鲜空气幸福→孝子幸福→蓝天幸福→
森林幸福→日照时间幸福→春天幸福→
日落幸福→观星出幸福→下雨幸福→冬火幸福→
天真思想幸福→赤脚踏露幸福→
不能忍受的快意→
众欢乐→正义欢乐→善良欢乐→工作完成欢乐→
思想欢乐→理解欢乐→审美欢乐→
爱的欢乐→母爱欢乐→
众青衣小孩之1～10→众青衣女人→九大行星国王→
众青衣小孩之11～15→时间→两个情人小孩→
女邻居贝兰戈→女邻居的小姑娘

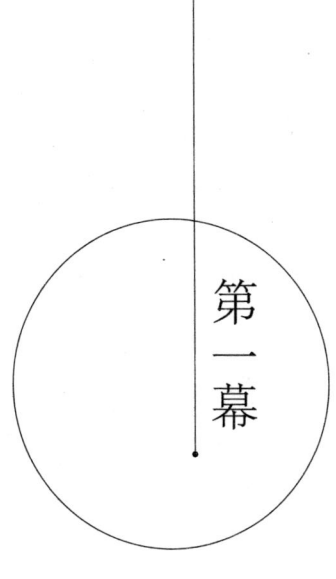

第一幕

第一场　樵夫的小屋

一间樵夫小屋的内部,简陋,乡土气,但绝非惨不忍睹。壁炉里煨着火。厨房器皿,衣柜,大面包箱,挂钟,纺纱机,水龙头,等等。桌上点着一盏灯。衣柜下角两边蜷伏着一狗一猫,鼻子藏在尾巴下沉睡着。它们中间放着一大块蓝白两色的方糖。墙上挂着一个圆形鸟笼,关着一只斑鸠。背景有两扇关闭的百叶窗。一扇窗下有张凳子。入口房门在左边,横着一根门闩。右边另有一扇门。有道扶梯通上阁楼。右边还有两张孩子睡的小床,床头放着两把椅子,搁着折叠整齐的衣服。

幕启时,蒂蒂尔和米蒂尔熟睡在小床上。蒂蒂尔的母亲最后一次走近他俩,俯下身来,端详了好一会儿。蒂蒂尔的父亲把头从半开的门探进来,她用手对他示意,一只手指放在嘴唇上,叫他不要作声,然后吹灭了灯，踮起脚从右边出去。台上有一会儿保持微暗，然后，一片光从百叶窗缝透入，愈来愈亮。桌上的灯复又自明，两个孩子看来已睡醒，翻身坐在床上。

蒂蒂尔　是米蒂尔？

米蒂尔　是蒂蒂尔？

蒂蒂尔　你睡着了吗？

米蒂尔　你呢？

蒂蒂尔　没有，我没睡着，我不是在对你说话吗？……

米蒂尔　今天是圣诞节，对吗？……

蒂蒂尔　还没到呢，是明天。可圣诞老人今年不会给我们带什么东西来了……

米蒂尔　为什么？……

蒂蒂尔　我听妈妈说，她没法到城里通知他来……不过明年他会来的……

米蒂尔　明年早着吧？……

蒂蒂尔　还早着呢……今天晚上他可要到有钱的孩子家里去……

米蒂尔　是吗？……

蒂蒂尔　瞧！……妈妈忘了熄灯！……我有个主意。

米蒂尔　什么主意？……

蒂蒂尔　我们马上起床……

米蒂尔　那怎么行呀……

蒂蒂尔　反正现在没人……你往百叶窗瞧瞧……

米蒂尔　啊！多亮呀！……

蒂蒂尔　这是过节的灯光。

米蒂尔　过什么节呀？

蒂蒂尔　对面那些有钱的孩子家里过节。这是圣诞树的灯光。我们把窗打开吧……

米蒂尔　能让我们打开吗？

蒂蒂尔　当然可以啦，反正就我们俩……你听到音乐了吗？……我们起来吧……

两个孩子起了床，朝一扇窗跑去，爬上凳子，推开百叶窗。一道强烈的亮光射进屋里。两个孩子贪婪地往外看着。

蒂蒂尔　都看见了！……

米蒂尔　（在凳子上只占到一丁点儿地方）我看不见……

蒂蒂尔　下雪了！……瞧，有两辆六匹马拉的车！……

米蒂尔　车里走出十二个小男孩！……

蒂蒂尔　你真傻！……这是小姑娘……

米蒂尔　他们都穿长裤……

蒂蒂尔　你还真行……别这样推我呀！……

米蒂尔　我碰都没有碰你。

蒂蒂尔　（一个人把凳子全占了）你把地方全占了……

米蒂尔　可我一点儿地方也没了！……

蒂蒂尔　别说了,我看见树了!……

米蒂尔　什么树?……

蒂蒂尔　圣诞树呀!……你就瞧着墙壁!……

米蒂尔　我没有地方,只瞧得见墙壁……

蒂蒂尔　(让给她一丁点儿地方)好了,这下你地方够了吧?……这是最好的位置吧?……多亮呀!多亮呀!

米蒂尔　他们闹哄哄的是在干吗?……

蒂蒂尔　他们在演奏音乐。

米蒂尔　他们是在发火吧?……

蒂蒂尔　不是,不过是够讨厌的。

米蒂尔　又有一辆车套着几匹白马!……

蒂蒂尔　别吱声!……看就得了!……

米蒂尔　挂在树枝后面金闪闪的是什么东西?……

蒂蒂尔　可不是玩具吗?!……刀呀,枪呀,士兵呀,大炮呀……

米蒂尔　玩具娃娃呢,你说有没有挂玩具娃娃?……

蒂蒂尔　玩具娃娃?……多傻里傻气呀!这没有什么好玩的……

米蒂尔　那满桌子都是些什么呀?……

蒂蒂尔　是点心、水果、奶油果酱馅儿饼……

米蒂尔　我小时候吃过一次……

蒂蒂尔　我也吃过,比面包好吃,可就是太少了……

米蒂尔　他们的可不少……满桌子都是……他们就要吃吗?……

蒂蒂尔　敢情是。不吃拿来干什么？……

米蒂尔　他们干吗不马上就吃？……

蒂蒂尔　因为他们不饿……

米蒂尔　（惊讶）他们不饿？……为什么会不饿？……

蒂蒂尔　他们想吃就吃……

米蒂尔　（怀疑）天天这样？……

蒂蒂尔　听说是这样……

米蒂尔　他们会都吃光吗？……会不会给别人一点儿？……

蒂蒂尔　给谁？……

米蒂尔　给咱们……

蒂蒂尔　他们不认识咱们……

米蒂尔　咱们如果向他们要呢？……

蒂蒂尔　不能这样做。

米蒂尔　干吗不能？……

蒂蒂尔　因为不许可。

米蒂尔　（拍手）噢！他们真漂亮！……

蒂蒂尔　（兴奋）他们笑了，他们笑了！……

米蒂尔　那些小孩跳舞了！……

蒂蒂尔　是啊，咱们也跳舞吧！……

　　　　他们在凳上高兴地跺着脚。

米蒂尔　噢！多好玩呀！……

蒂蒂尔　让他们吃点心了！……他们够得着！……他们吃了！他们吃了！他们吃了！……

米蒂尔　小小孩也吃了！……他们有拿两个、三个、四个的……

蒂蒂尔　（欣喜若狂）噢！多好呀！多好呀！多好呀！……

米蒂尔　（数着想象中的点心）我呀，我分到十二个！……

蒂蒂尔　我呢，我有四倍十二个！……不过我会分给你一点儿……

有人敲门。

蒂蒂尔　（猛然住口，害怕起来）怎么回事？……

米蒂尔　（惊慌失措）是爸爸！……

正在犹豫不敢去开门的时候，只见门闩吱吱嘎嘎地自动举起；门稍稍打开一点儿，闪进一个身穿绿衣、头戴红帽的小老太婆。她是个驼背、瘸腿、独眼的女人，鼻子和下巴颏儿凑得很近，扶着拐杖，伛偻而行。不消说，这是个仙女。

仙　女　你们这儿有没有会唱歌的青草和青鸟？……

蒂蒂尔　我们这儿有青草，可是不会唱歌……

米蒂尔　蒂蒂尔有一只鸟。

蒂蒂尔　可是我不能送人。

仙　女　为什么不能送人?……

蒂蒂尔　因为那是我的。

仙　女　当然这是个理由。这只鸟在哪儿?

蒂蒂尔　(指着鸟笼)在笼子里……

仙　女　(戴上眼镜看鸟)我不要这只,颜色不够青。我要的那种,你们一定得给我找来。

蒂蒂尔　可我不知道鸟儿在哪里呀……

仙　女　我也不知道在哪里,所以得去找来。我最多可以不要会唱歌的青草,但我非得要青鸟不可。这是为了我的小姑娘,眼下她病得很厉害。

蒂蒂尔　她得了什么病?……

仙　女　说不准是什么病,她想得到幸福……

蒂蒂尔　是吗?……

仙　女　你知道我是谁吗?……

蒂蒂尔　您有点儿像我们的邻居贝兰戈太太……

仙　女　(突然恼火)压根儿不像……毫无关系……真叫人恶心!……我是仙女贝丽吕娜……

蒂蒂尔　啊!好极了……

仙　女　你们得马上出去找鸟。

蒂蒂尔　您跟我们一起去吗?……

仙　女　我根本去不了,因为早上我在炖牛肉,我要是离开一小时以上,汤准要溢出来的……(依次指着天花板、壁炉和窗口)你们出去是从这儿、那儿还是那边？……

蒂蒂尔　（胆怯地指着门）我宁愿打这儿出去……

仙　女　（又突然恼火）绝对不行，这个习惯叫人生气！……（指着窗户）得了，我们就从这儿出去！……你们还等什么？……马上穿好衣服……（两个孩子听她吩咐，赶快穿衣服）我来帮米蒂尔穿……

蒂蒂尔　我们没有鞋……

仙　女　那不要紧。我这就给你们一顶有魔法的小帽。你们的爸爸妈妈在哪儿……

蒂蒂尔　（指着右边的门）在里面睡着……

仙　女　爷爷和奶奶呢？……

蒂蒂尔　他们都死了……

仙　女　你们的小兄弟和小姐妹呢？……你们有没有兄弟姐妹？……

蒂蒂尔　有的，有三个小兄弟……

米蒂尔　还有四个小姐妹……

仙　女　他们在哪儿？……

蒂蒂尔　他们也都死了……

仙　女　你们想再见到他们吗？……

蒂蒂尔　噢，想的！……马上就见！……让他们出来呀！……

仙　女　我口袋里没有带来……不过他们会从天而降。你们路过思念之土时，就会看到他们。也就是在找青鸟的路上。过了第三个路口，在左边，一会儿你们就能找到。——刚才我敲门的时候，你们在做什么？……

蒂蒂尔 我们在玩吃点心。

仙　女 你们有点心吗？……点心在哪儿？……

蒂蒂尔 在有钱小孩子的家里……您来看看，多美味呀！……

　　　　他把仙女拉到窗口。

仙　女 （在窗口）可吃点心的是别人哪！……

蒂蒂尔 不错，可是我们什么都看得见……

仙　女 你不埋怨他们吗？……

蒂蒂尔 干吗要埋怨？……

仙　女 因为他们把什么都吃光了。我觉得他们实在不该不分给你们一点儿……

蒂蒂尔 倒没有什么不该，因为他们家有钱嘛……对不对？……他们家真漂亮！……

仙　女 比不上你家漂亮。

蒂蒂尔 哪里的话！……我们家又黑又小，又没有点心……

仙　女 两边完全一样，你没有看清楚罢了……

蒂蒂尔 不，我看得很清楚，我的眼睛很好。爸爸看不清教堂的钟几点，我可看得见……

仙　女 （突然恼火）我就要说你没有看清楚！……你看清楚我了吗？……我到底像谁？……（蒂蒂尔尴尬

地默不作声）喂，你倒是回答呀！让我来考考你是不是看得清……我长得漂亮还是长得丑呢？……（蒂蒂尔愈来愈尴尬了，仍然一言不发）你不愿意回答吗？……我是年轻呢，还是很老很老呢？……我脸上是粉红色的呢，还是蜡黄的？……也许我是个驼背吧？……

蒂蒂尔 （安慰）不，不，驼得不厉害……

仙　女 相反，要看到你的神情，人家会相信驼得厉害……我是不是鹰钩鼻，左眼被挖掉啦？……

蒂蒂尔 不，不，我没有这么说……是谁挖掉了你的左眼？……

仙　女 （愈加恼怒）左眼没有被挖掉！……你这穷小子真是没有礼貌！……我左眼比右眼漂亮，显得大些，更加明亮，蓝得像天空一样……我的头发你看清了吗？……像麦子一样金黄……真像纯金一样！……因为太多了，压得我抬不起头来……我的金毛发到处长……你瞧我手上不是吗？……

她摊开两小绺灰发。

蒂蒂尔 不错，我看到几根……

仙　女 （愤怒）几根！……是一绺、一束、一把！像黄金的波浪！……我知道有的人视而不见！我想，你不至于是这种可恶的睁眼瞎吧？……

蒂蒂尔　不是的，不是的，只要没有被遮住，我都看得很清楚……

仙　女　可是被遮住的东西你也应该照样大胆地设想看得见！……人真是古怪……没有了仙女，人什么也看不清了，而且丝毫感觉不出来……幸亏我身上总是带着拨亮睁眼瞎的一切必需品……瞧我从口袋里掏出什么来啦？……

蒂蒂尔　噢！多漂亮的小绿帽！……帽徽上这样亮闪闪的是什么？……

仙　女　是使人心明眼亮的大颗钻石……

蒂蒂尔　当真？……

仙　女　当真！只要把这顶帽子戴在头上，稍稍转动一下钻石，就像这样从右到左拨弄一下，你瞧见了吗？……这时钻石便在别人看不到的额角突出的地方挤压一下，这样就能使人心明眼亮……

蒂蒂尔　没有坏作用吧？……

仙　女　恰恰相反，钻石是样神物……你可以马上看到事物里面的东西，比如说，面包、酒、胡椒这些东西的灵魂……

米蒂尔　糖的灵魂也看得见吗？……

仙　女　（突然发火）那还用说！……我不喜欢听些没用的问题……糖的灵魂不比胡椒的灵魂更有意思……瞧，我给了你们这样东西，它可以帮助你们去寻找青鸟了……我知道隐身戒指和飞毯对你们会更有用……不过这两样东西我都锁在柜里,却将钥匙丢了……啊!我差点儿忘了……(指着钻石)你看,这样拿着,稍微再转动一下,就可以看到过去的事……再转动一下,便可以看到未来的事……很奇特,很灵验,又不发出声音……

蒂蒂尔 爸爸要从我这儿拿走的……

仙　女 他看不见的。你只要戴在头上,谁也看不见……你要试试看吗?……(她给蒂蒂尔戴上小绿帽)现在你转一下钻石……转一下就会……

蒂蒂尔刚转了一下钻石,样样东西便起了奇异的变化。老仙女顿时变成一个绝色的公主;垒墙的石块变得玲珑剔透,像价值连城的蓝宝石一样闪烁着蓝莹莹的光芒。寒碜的家具也显得很有生气,熠熠放光:白木桌变得沉实、华贵,宛如大理石桌;立地大钟的玻璃钟面像眨着眼睛,露出和蔼的微笑。这时,来回摆动的钟摆前的那扇门打开一半,闪出了众时辰,她们手拉着手,纵声欢笑,在美妙的音乐声中翩翩起舞。

蒂蒂尔 (指着众时辰惊叫)这些漂亮的太太都是些什么人?……

仙　女 你别害怕,这是你一生的时辰,她们都乐意出来露露脸，自由自在一下……

蒂蒂尔　为什么墙壁这样明亮？……是糖做成的还是宝石垒成的？……

仙　女　凡是石头都是一样能发亮的，凡是石头都是宝石，而人只能分辨其中几种……

　　他们说话的时候，仙术继续显现，更臻完美。四磅面包的灵魂个个像好好先生，穿着面包皮焦黄色的紧身衣，浑身撒满面粉，慌慌张张地从大面包箱里溜出来，围着桌子欢跳；火从炉灶里走出，穿着黄色加红色的紧身衣，笑成一团，紧追着面包。

蒂蒂尔　这些淘气的家伙都是些什么人？……

仙　女　不要紧的，这是四磅面包的灵魂，在大面包箱里挤得难受，想趁真相显形的机会出来放松一下……

蒂蒂尔　那个气味难闻的红大汉呢？……

仙　女　嘘！……放轻声点儿，这是火……他脾气很坏。

　　仙术仍在继续显现，蜷伏在衣柜下的狗和牝猫，同时发出一声大叫，旋即消失于暗坑，接着原地出现两个人，其中一个戴着猛犬的假面具，另一个戴着猫的面具。人身狗面的小个男人——以后就称为狗——马上奔向蒂蒂尔，使劲儿拥抱他，气急败坏地同他亲热，发出很大的响声；而那人身猫面的小个女人——以后就简称为猫——先理理头发，洗洗双手，捋捋胡子，然后走近米蒂尔。

狗　　　（吠叫，蹦跳，乱撞着东西，令人讨厌）我的小神仙！……早晨好！早晨好！我的小神仙！……终于有这么一天可以说说话了！我有多少话要对你说呀！……以前我吠叫摇尾都不管事！……你不懂我的意思！……可是现在呢！……早晨好！早晨好！……我爱你！……我爱你！……你要我耍把戏吗？……你要我用后腿直立吗？……你要我用前掌走路呢，还是要我在钢丝上跳舞？……

蒂蒂尔　（对仙女）这位狗头先生是怎么回事？……

仙　女　你没有看出来吗？……这是你释放出来的蒂洛的灵魂……

猫　　　（走近米蒂尔，彬彬有礼，举止合度地向她伸出手去）早晨好，小姐……今天早上您真漂亮！

米蒂尔　早晨好，太太……（对仙女）这是谁？……

仙　女　这很容易看出来嘛。向你伸出手来的就是蒂莱特的灵魂……和她拥抱吧……

狗　　　（把猫挤开）也抱吻我吧！……我抱吻过小神仙！……我要抱吻小姑娘！……我要抱吻大家！……真棒！……大家可以开心！……我来吓

　　　　　一吓蒂莱特！……汪！汪！汪！……
猫　　先生，我不认识您……
仙　女　（以魔棒恫吓狗）你呀，你老老实实待着，要不然就叫你还是说不了话，直到老死……

　　　　　仙术在继续显现：屋角的纺车开始转动，闪射出明亮的光线，令人眼花缭乱；另一个角落里，水龙头用刺耳的声音唱起歌儿来，一会儿就变成一道光闪闪的泉水，流满水槽，又化作一层层珍珠和翡翠。水的灵魂从里面跳出来，穿扮得像个少女，浑身水淋淋的，披散长发，泪流满面，旋即跟火打起来。

蒂蒂尔　那个湿淋淋的太太是谁？……
仙　女　别害怕，那是从水龙头出来的水……

　　　　　奶壶倒翻了，从桌上掉下来，砸碎在地上，从奶里站起一个颀长、腼腆的白衣女子，她似乎对什么都感到害怕。

蒂蒂尔　那个穿睡衣的怯生生的太太是谁？……
仙　女　那是打碎了壶的奶……

　　　　　放在橱柜脚下的大方糖渐渐扩展、变大，撑破包糖纸，冒出一个虚情假意、伪善可憎的人，穿一件半白半蓝的长罩衫，笑容可掬，迈步走向米蒂尔。

米蒂尔　（不安）他要干吗？……
仙　女　他就是糖的灵魂呀！……
米蒂尔　（放下心来）他有麦芽糖吗？……
仙　女　他口袋里有的是糖，他的手指根根是糖棒……

桌上的灯翻倒了，而火焰又马上蹿起来，化为一个光艳夺目的绝色美女。她戴着透明的、闪闪发光的长面纱，纹丝不动地站着出神。

蒂蒂尔　这是王后！
米蒂尔　这是圣母！……
仙　女　不是的，孩子们，这是光……

架子上的铁锅都像荷兰陀螺一般旋转起来；衣柜的门碰响着，涌出月白色和大红色的布匹，煞是好看；从阁楼扶梯滚下五颜六色的抹布、破衣，同布匹混杂在一起。这时，右边门上被重重地敲了三下。

蒂蒂尔　（惊慌）是爸爸！……他听见我们说话了！……
仙　女　转一下钻石！……从左向右转！……（蒂蒂尔急

匆匆地转动钻石）别这么快呀！……我的上帝！没法子补救了！……你转得太快了。这些东西都来不及恢复原位了，我们有得烦了……

仙女又变成老太婆，墙壁不再熠熠生辉，众时辰返回大钟里去，纺车停止转动。匆忙纷乱之中，只见火满屋子狂跑，寻找壁炉。一块四磅面包因为在面包箱里找不到原位而急得号啕大哭。

仙　女　怎么啦？……
面　包　（泪汪汪）箱里没有位置了！……
仙　女　（俯身看面包箱）还有，还有……（把别的面包推到原来的地方）快点儿，挤进去……

又响起敲门声。

面　包　（惊慌失措，怎么样也挤不进面包箱里）没有办法了！……他准会先吃掉我！……
狗　　　（绕着蒂蒂尔蹦跳）我的小神仙！……我还在这儿！……我还能说话！……我还能拥抱你！……还能拥抱，还能拥抱，还能拥抱！……
仙　女　怎么，你也回不去？……你还留在这儿？……
狗　　　我运气好……我来不及回到沉默的状态，那扇拉

　　　　　门关得太快了……

猫　　我那扇门也是关得太快……会发生什么事？……有什么危险吗？

仙　女　我的上帝，我该对你们讲实话：凡是陪伴这两个孩子周游的，末了都会死去……

猫　　要是最后不陪伴他们呢？……

仙　女　那也只能多活几分钟……

猫　　（对狗）来吧，咱们回到窝里去吧……

狗　　不，不！……我不愿意！……我要陪着小神仙！……我要随时跟他说话！……

猫　　傻瓜！……

　　　　又响起敲门声。

面　包　（号啕大哭）我不愿意到周游末了就死！……我要马上回到面包箱里！……

火　　（不停地满屋子乱跑，发出不安的呼哨声）我找不到壁炉了！……

水　　（怎么样也钻不进水龙头里）我钻不进水龙头了！……

糖　　（绕着包装纸干着急）我把包装纸撕破了！……

奶　　（淡漠、腼腆）我的小壶碎了！……

仙　女　我的上帝，他们真蠢！……又蠢又胆小！……那么你们宁愿继续待在憋气的箱子里、窝里和水管里，也不愿陪着这两个小孩子去寻找青鸟啦？……

众　　（除了狗和光）是的！是的！要马上回去！……我的水管！……我的面包箱！……我的壁炉！……我的猫窝！……

仙　女　（对光说，光正瞅着打碎的灯在发愣）那你呢，光，你要哪样？……

光　　我要陪伴孩子们……

狗　　（快乐地吠叫着）我也要陪伴孩子们！我也要陪伴孩子们！……

仙　女　这才好呢。而且眼下不这样也不行，由不得你们做主了，非得跟我们一起走不可了……不过你呀，火，你不能靠近别人；你呢，狗，你不要捉弄猫；而你呢，水，你得约束住自己，不要流得到处都是……

右边门上敲得很剧烈。

蒂蒂尔　（倾听）还是爸爸！……他这下起床了，我听见他走路的声音……

仙　女　我们从窗口出去吧……你们都到我家里去，我会给你们这些动物和东西穿上合适的衣服……（对面包）你呢，面包，拿着笼子，要用来关青鸟的……以后就由你来看管笼子……快,快,别耽搁时间了。

窗子突然向下伸长,变成一扇门那样。等所有人走出,窗子又恢复原样,像当初一样关上了。房间复又变暗,两张小床没入阴影中。右门半开,露出蒂蒂尔父亲的头。

蒂蒂尔父亲 没有什么啊……是蟋蟀在叫吧……
蒂蒂尔母亲 你看到孩子们了吗?……
蒂蒂尔父亲 那还用说……他们睡得很安静……
蒂蒂尔母亲 我听到他们的呼吸声了……

门又关上。
幕落。

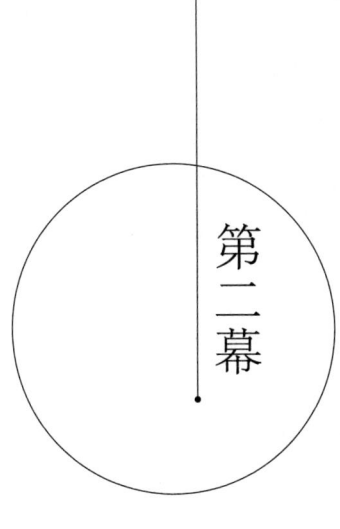

第二幕

第二场　仙　宫

贝丽吕娜仙宫的华丽前厅。淡色大理石柱子,金和银的柱头,可以看到楼梯、回廊、栏杆,等等。

猫、糖和火穿着华丽,从后幕右边上场。他们走出来的那个房间灯火辉煌,那是仙女的更衣室。猫在黑绸紧身衣上披了一条轻纱,糖穿着半白半蓝的绸长袍,火头上插着五彩冠毛,身披金镶边深红大氅。他们穿过前厅,走到右前台,猫把糖和火带到一条回廊下。

猫　　打这儿走。这座仙宫的曲径回廊我都认得……贝丽吕娜仙女从"蓝胡子"那里接手的……趁两个孩子和光去看仙女的小姑娘,这最后一点儿自由的时间,咱们来利用一下……我把你们带到这儿,是要合计一下咱们的处境……大家都到齐了吗？……

糖 我看见狗从仙女的更衣室出来了……

火 他穿的什么鬼玩意儿？……

猫 他穿的是灰姑娘马车跟班的服装……这种服装正配他穿……他有奴才品性……我们躲到栏杆后面去……说来奇怪，我对他总有戒心……我对你们说的话，最好不要让他听见……

糖 来不及了……他已经看到我们了……瞧，水也从更衣室出来了……天哪，她多漂亮呀！……

　　　　狗和水加入他们这一伙。

狗 （跳来跳去）瞧！瞧！……我们多漂亮呀！瞧瞧这些花边和刺绣！……是用金线绣的，货真价实！……

猫 （对水）这是用驴皮做的"时间之色"长袍……我感觉似曾相识……

水 这服装配我最合适……

火 （喃喃自语）她没有带雨伞……

水 您说什么？……

火 没有什么，没有什么……

水 我想，您是在说那天我看见的大红鼻子吧……

猫 嗨，别吵了，还有要紧的事要做呢！……现在就

	等面包了，他在哪儿？
狗	他在挑衣服，左右为难，没完没了……
火	样子长得蠢，挺着个大肚子，还真得好好挑一挑……
狗	最后他才挑中一件缀满宝石的土耳其长袍、一把土耳其弯刀、一块缠头巾……
猫	他来了！……他穿上了"蓝胡子"最好看的长袍……

面包穿着上述服装上场，绸袍紧绷着他的大肚子。腰带上佩着弯刀，他一只手握着刀柄，另一只手提着替青鸟准备的笼子。

面 包	（得意扬扬、大摇大摆地走来）嗨……你们觉得我这身打扮怎么样？……
狗	（绕着面包蹦跳）多漂亮呀！样子傻乎乎的！多漂亮呀！多漂亮呀！……
猫	（对面包）孩子们都穿好衣服了吗？……
面 包	穿好了，蒂蒂尔先生穿的是小拇指那套蓝衣红裤白袜；米蒂尔小姐呢，她穿的是甘泪卿的连衣裙和灰姑娘的拖鞋……不过，给光穿衣打扮费了点儿事！……
猫	为什么？……

面　　包	仙女觉得她够漂亮了，不想给她打扮了！……我就以我们的尊严的名义提出抗议，认为这是最基本的、值得高度尊重的体面。最后我清楚地说，不给光打扮一下的话，我就拒绝同她一块儿出去……
火	应该给她买一个灯罩！……
猫	那么仙女是怎么回答你的呢？……
面　　包	她给了我的头和肚子好几棒……
猫	后来呢？……
面　　包	我马上就服服帖帖了，但到最后一刻，光看中了那件放在驴皮宝箱箱底的"月光色"连衣裙……
猫	得了，闲扯够了，时间不多……还是谈谈我们的未来吧……你们都亲耳听到了，仙女刚才说，这次出游的末了，同时也是我们生命的终结……所以现在的事情就是要千方百计、尽可能地延长这次游历……但另外还有一件事，就是我们应该考虑到我们的种族和我们的子女的命运……
面　　包	对极了！对极了！……猫说得真对！……
猫	听我说下去……眼下我们所有在这里的动物呀、东西呀、分子呀，都有灵魂，这是人还不晓得的，因此我们保留着一点儿独立性。但是，如果人找到了青鸟，就会知道一切，看到一切，我们就会完全受人的支配了……这是我的老朋友夜刚告诉我的，夜同时也是生命秘密的守护者……因此，

　　　　这是同我们的利益攸关的，要不惜一切，哪怕是危及两个孩子的生命，也要阻止人找到青鸟……

狗　　（愤怒）这家伙说些什么？……你再重复一遍，让我听个明白。

面　包　别吱声！……现在轮不到你说话！……我在主持大会……

火　　谁任命你当会议主席的？……

水　　（对火）住口！……你插进来干吗！……

火　　该管的我都得管……用不着你来指点我……

糖　　（劝解）都别说了……不要争吵了……这是紧要关头……问题是首先要达成一致，该采取什么措施……

面　包　我完全同意糖和猫的意见……

狗　　真蠢！……人就是一切！……应该服从人，照他们的吩咐去做！……这才是真实可靠的……我只认人！……人万岁！……无论是生是死，一切都要为了人！……人就是神！……

面　包　我完全同意狗的意见。

猫　　（对狗）请你也说说你的理由……

狗　　没有什么理由！……我爱人，这就够了！……如果你要做不利于人的事，我就要先扼死你，再一五一十地去告诉人。……

糖　　（温和地介入）都别说了……不要剑拔弩张……从

某个角度看来，你们两位说得都对……凡事都得衡量利弊……

面　包　我完全同意糖的意见！……

猫　所有在这里的，水呀，火呀，连面包和狗在内，难道不都是某种暴虐的牺牲品吗？……请你们想一想，在暴君到来之前，我们在地球上是逍遥自在的……水和火是世界上仅有的主人。请看他们现在变成什么样儿了！……至于我们这些猛兽的瘦弱后代……小心！……快装出什么事都没有的样子……我看见仙女和光来了……光是站在人那边的，是我们最凶恶的敌人……他们来了……

仙女和光从右边上场，蒂蒂尔和米蒂尔跟随在后。

仙　女　喂……怎么回事？……你们在这个角落里干什么？……看样子你们在密谋什么……是上路的时候了……我刚决定让光做你们的头儿……你们大家要像服从我一样服从她，我把魔棒交给她……这两个孩子今天晚上要去见他们死去的爷爷和奶奶……为了谨慎起见，你们用不着陪伴他们了……他们要在死去的爷爷家度过傍晚……这段时间里，你们准备好明天路上要用的东西，明天要走长路呢……好，起身上路吧，各人做各人的事！……

猫　　　（虚伪）这正是我刚才对他们所说的话，仙女夫人……我鼓励他们自觉地、坚定地完成自己的职责；讨厌的是，狗老要打岔……

狗　　　她说什么来着？……你等着瞧我的！……

　　　　狗正要扑向猫，但蒂蒂尔早料到他的动作，就用严厉的手势止住他。

蒂蒂尔　下去，蒂洛！……小心点儿，要是你再这样……

狗　　　我的小神仙，你不知道，正是她……

蒂蒂尔　（恫吓）住口！……

仙女　　得了，别说了……今天晚上面包把鸟笼交给蒂蒂尔……有可能青鸟就躲在"过去"，在他爷爷家……无论如何，这是一个机会，不可放过……喂，面包，鸟笼呢？……

面包　　（庄重）请等一下，仙女夫人……（像演说家演讲那样）请大家给我做证，这个交给我的银鸟笼……

仙女　　（打断他）得了！……别废话了……我们打那儿走，孩子们打这儿走……

蒂蒂尔　（十分不安）我们俩单独走？……

米蒂尔　我饿了！……

蒂蒂尔　我也饿了！……

仙女　　（对面包）解开你的土耳其长袍，从你的大肚子上切下两片给他们俩……

面包解开长袍,抽出弯刀,从他的大肚子上切下两片,递给两个孩子。

糖 (走近两个孩子)请允许我同时给你们几根麦芽糖……

他一根接一根折下左手的五根手指,递给两个孩子。

米蒂尔 他在干吗?……他把自己的手指折断了……
糖 (殷勤)尝尝看,味儿好极了……这是真正的麦芽糖……
米蒂尔 (尝其中一根)啊!真好吃……你有很多吗?……
糖 (谦逊)是的,要多少有多少……
米蒂尔 你这样折下来,觉得很痛吗?……
糖 一点儿不痛……相反,还很有好处,指头马上又会长出来,这样,我的指头总是新长的、干净的……
仙 女 得了,我的孩子们,糖别吃得太多了。别忘了,待会儿你们要在爷爷家吃晚饭……
蒂蒂尔 爷爷和奶奶在这儿吗?……
仙 女 你们马上就会看到他们……

蒂蒂尔　他们都死了，我们怎么能看到他们呢？……

仙　女　既然他们都活在你们的记忆里，他们怎么会死呢？……人们都不知道这个秘密，因为他们知道的太少；而你不同，你有了钻石，就会看到，死去的人只要有人记得他们，就会生活得很幸福，仿佛他们并没有死……

蒂蒂尔　光和我们同路吗？……

光　我不跟你们一起走，你们一家人相聚更合适……我在附近的地方等着，以免过于唐突……他们没有邀请我……

蒂蒂尔　我们该走哪条路？……

仙　女　打那儿走……你们会来到"思念之土"的门口。你只要转一下钻石，就会看到一棵大树，树上挂着一块牌子，会给你指出你到了哪儿……但别忘了八点三刻一定得回来……这至关重要……一定得准时，如果你们迟到，事情就不妙了……再见……（招呼猫、狗、光等）打这儿走……孩子们打那儿走……

　　仙女和光及以其他角色从右边下场，而孩子们从左边下场。

　　幕落。

第三场　思念之土

浓雾满天，前台右侧显现一棵老橡树，树上挂着一块木牌。台上呈现乳白色的、朦胧的亮光。

蒂蒂尔和米蒂尔站在橡树脚下。

蒂蒂尔　树在这儿！……

米蒂尔　有块木牌！……

蒂蒂尔　我看不清……等一等，我爬到这树根上去……对了……上面写着"思念之土"。

米蒂尔　思念之土就从这儿开始吗？……

蒂蒂尔　没错，有一个箭头示意……

米蒂尔　那么爷爷和奶奶在哪儿呢？……

蒂蒂尔　在雾的后面……我们就会见到……

米蒂尔　我什么都看不见！……我连自己的手和脚都看不见了……（哭起来）我冷！……我不想走下去了……

我要回家……

蒂蒂尔　得了,别像水一样,随时可以哭……你不害臊吗?……这么大的姑娘了!……你瞧,雾已经开始消散了……雾里面有什么东西,我们马上就能看清楚了……

雾果真在飘移,变稀薄,逐渐透明、分散、消失了。少顷,光亮越来越明晰,显现出在浓荫覆盖下令人赏心悦目的农舍,外表盖满爬藤植物。门窗都敞开着,披檐下挂着好些蜂巢。窗台上有几盆花,一只鸟笼里栖息着一只鸫鸟。门旁放着一张长凳,凳上坐着一个老农和他的妻子,他们俩正在酣睡着,这就是蒂蒂尔的爷爷和奶奶。

蒂蒂尔　(突然认出他们)这是爷爷和奶奶呀!……
米蒂尔　(拍手)是呀!是呀!……是他们!……是他们!……
蒂蒂尔　(仍有些怀疑)注意!……还不知道他们能动不能动呢……我们就待在树后……

蒂蒂尔的奶奶睁开眼睛,抬起头来,伸个懒腰,叹了口气,瞅着蒂蒂尔的爷爷。他也慢慢地醒过来。

蒂蒂尔的奶奶　我心里觉得,我们那活着的孙子、孙女今天要来看我们呢……

蒂蒂尔的爷爷 不用说,他们在想念我们,因为我心里老觉得不安,腿上有麻酥酥的感觉……

蒂蒂尔的奶奶 我想他们已经走近了,因为快乐的眼泪在我眼眶里滚来滚去……

蒂蒂尔的爷爷 不对,不对,他们还在很远的地方……我仍然觉得很虚弱……

蒂蒂尔的奶奶 我说他们已经在这儿了,我已经浑身有了力气……

蒂蒂尔和米蒂尔 (从橡树后奔出)我们在这儿!……我们在这儿!……爷爷,奶奶!……是我们俩!……是我们俩!……

蒂蒂尔的爷爷 可不是!……你看见了吗?……我不是早说过?……我拿得稳,他们俩今天要来……

蒂蒂尔的奶奶 蒂蒂尔!……米蒂尔!……是你们呀!……就是他们俩!……(竭力想跑过去迎接他们)我跑不了呀!……我一直害着风湿病!

蒂蒂尔的爷爷 (一瘸一拐地跑过来)我也跑不动……都是因为这条假腿,那年我从老橡树上摔下来,跌断了腿,就换上了这条木腿……

爷爷、奶奶和两个孩子发狂似的拥抱。

蒂蒂尔的奶奶 蒂蒂尔,你长得多高、多结实啦!……

蒂蒂尔的爷爷 (抚摸米蒂尔的头发)米蒂尔!……你瞧瞧!……多漂亮的头发,多漂亮的眼睛!……再说,她模样儿多可爱呀!……

蒂蒂尔的奶奶 再亲亲我!……坐到我的膝上来……

蒂蒂尔的爷爷 那么我呢,不到我这儿来啦?……

蒂蒂尔的奶奶 不行,不行……先到我这儿来……你们的爸爸妈妈好吗?……

蒂蒂尔 非常好,奶奶……我们出门的时候,他们正睡着……

蒂蒂尔的奶奶 (端详和抚摸着两个孩子)我的上帝,他们俩多漂亮、多干净啊!……是妈妈给你们洗的吧?……你们的袜子也没有破!……从前破袜子都是我补的。你们干吗不常来看我们呢?……你们来真叫我们快活!……你们把我们给忘了多长时间呀,我们什么人都没见过……

蒂蒂尔 我们来不了呀,奶奶,今天是全靠仙女……

蒂蒂尔的奶奶 我们一直待在这儿,等活着的人来看看我们……来的次数这样少!……上次你们来,是哪一天?……是圣徒节[4],那时,教堂正响起钟声……

蒂蒂尔 圣徒节?……那天我们并没有出门,因为我们俩都害重感冒了……

蒂蒂尔的奶奶 可是你们俩想念过我们哪……

蒂蒂尔 是的……

蒂蒂尔的奶奶　每次你们想念起我们,我们就会醒过来,又看到你们……

蒂蒂尔　怎么,只要……

蒂蒂尔的奶奶　瞧,你很明白……

蒂蒂尔　不,我不明白……

蒂蒂尔的奶奶　(对蒂蒂尔的爷爷)人世真是古怪……他们还不明白……他们就不长一点儿见识?……

蒂蒂尔的爷爷　同我们那时候一个样儿……活着的人谈起阴间的人,有多蠢哪……

蒂蒂尔　你们总是睡着的吗?……

蒂蒂尔的爷爷　是呀,我们睡得很香,就等着活着的人想念我们,把我们唤醒……啊!生命结束以后,睡着可是好事……不过,常常醒过来也很快活……

蒂蒂尔　那么,你们并没有真死?……

蒂蒂尔的爷爷　(跳起来)你说什么?……他说什么来着?……他用的词儿,我们都听不懂了……这是一个新词儿,还是一种新发明?……

蒂蒂尔　是说"死"这个词儿吗?……

蒂蒂尔的爷爷　对,就是这个词儿……这个词儿是什么意思?……

蒂蒂尔　就是说,不再活着……

蒂蒂尔的爷爷　世上的人,他们多蠢哪!……

蒂蒂尔　这儿好吗?……

蒂蒂尔的爷爷　好呀！不坏，不坏，甚至还能祈祷……

蒂蒂尔　爸爸对我说过，不需要再祈祷了……

蒂蒂尔的爷爷　要祈祷的，要祈祷的……祈祷就是思念……

蒂蒂尔的奶奶　是啊，是啊，只要你们常来看看我们，那就什么都好了……蒂蒂尔，你还记得吗？……上次我做了好吃的苹果馅儿饼……你吃了那么多，都吃出病来了……

蒂蒂尔　可我从去年起就没吃过苹果馅儿饼……今年没有苹果……

蒂蒂尔的奶奶　别瞎说了……我们这儿苹果没有断过……

蒂蒂尔　不是一样的东西……

蒂蒂尔的奶奶　怎么？不是一样的东西？……既然我们都能亲吻拥抱，那就什么都是一样的……

蒂蒂尔　（轮番细看爷爷和奶奶）爷爷，您没有变，一点儿都没有变……奶奶也一点儿没有变……你们现在气色更好了……

蒂蒂尔的爷爷　这儿过得不坏……我们没有再老下去……而你们俩呢，都长大了！……啊！是的，你们俩长结实了！……瞧，在门上，还可以看到上次刻下的高度……那天是圣徒节……现在，你站直了……（蒂蒂尔靠门站直）又长了四个指头！……长得真快！……（米蒂尔也靠门站直）米蒂尔长了四个半指头！……哈哈！这两个孩子的变化真是不可预料！……直往上长，直往上长！……

蒂蒂尔 （高兴地环顾四周）这儿什么都没有变，样样东西都在老地方！……不过一切都变得更美了！……瞧那口挂钟，那根大指针的针头是被我折断的……

蒂蒂尔的爷爷 这只汤钵就是被你碰缺口的……

蒂蒂尔 门上这个小洞也是我找到摇钻的那天钻出来的……

蒂蒂尔的爷爷 是呀，你总是要毁这毁那！……这棵李树，我不在的时候，你老爱爬上去……树上总有红艳艳的李子……

蒂蒂尔 李子现在长得更好看了！……

米蒂尔 老鸫鸟在这儿！……它还唱歌吗？……

鸫鸟醒过来，放声鸣啭。

蒂蒂尔的奶奶 你瞧……只要有人想到它……

蒂蒂尔 （惊讶地发现，鸫鸟是纯青的）它是青色的！……我要带回去给仙女的就是这只青鸟！……你们以前可没有说起过，你们这儿有只青鸟！噢！它的颜色多青啊，多青啊，青得像青玻璃球一样！……（恳求）爷爷，奶奶，你们肯把它给我吗？……

蒂蒂尔的爷爷 可以，也许可以……老伴儿，你的意思怎样？……

蒂蒂尔的奶奶 当然可以，当然可以……它在这儿没什么用……它老是睡觉……从来听不到它唱歌……

蒂蒂尔　我来把它放到我的鸟笼里……咦,我的鸟笼在哪儿?……哦,对了,我把它忘在大树背后了……(他跑到橡树那里,拿回鸟笼,把鸫鸟关在里面)那么,当真,你们当真把鸟儿给我了?……仙女一定会高兴的!……光就不用说了!……

蒂蒂尔的爷爷　你要知道,这只鸟我不敢打包票……我担心它过不惯人世纷扰的生活后,就会乘着第一阵好风回到这儿……总之,以后再说吧……暂时把它留在这儿,你来看看这头母牛……

蒂蒂尔　(注意到蜂房)您说,这些蜜蜂过得可好?……

蒂蒂尔的爷爷　它们过得不坏……照人世上的说法,它们不是活的了,可是它们照样很勤劳……

蒂蒂尔　(走近蜂房)是呀!……我闻到了蜂蜜的香味儿!……蜂房准是沉甸甸的!……各种各样的花儿都这样好看!……我那几个死去的小姐妹,她们也在这儿吗?……

米蒂尔　我的三个小兄弟,他们葬在哪儿?……

　　说到这儿,七个高矮不一的小孩子,像芦笛大小不同的笛孔那样,从屋里鱼贯而出。

蒂蒂尔的奶奶　他们出来了,他们出来了!……有人一想起他们,说到他们,他们就来了,这些爱蹦爱跳的孩子！……

蒂蒂尔和米蒂尔跑上去迎接他们。孩子们乱成一团，又是拥抱，又是跳舞，又是打转，又是发出快乐的叫喊声。

蒂蒂尔 嗨，皮埃罗！……（两人扯着头发）啊！咱俩还像那时候打上一架……是你，罗贝尔！……你好，让！……你的陀螺没有啦？……玛德莱娜、皮艾蕾特、波莉娜，还有丽盖特……

米蒂尔 噢！丽盖特，丽盖特！……她还只会爬着走！……

蒂蒂尔的奶奶 是呀，她不再长大了……

蒂蒂尔 （注意到有只小狗在周围吠叫）这是奇奇，它的尾巴是我用波莉娜的剪刀剪掉的……它也没有变……

蒂蒂尔的爷爷 （像说格言）这儿什么都不改变……

蒂蒂尔 波莉娜的鼻子上还是老有个疱！……

蒂蒂尔的奶奶 是呀，疱不会消失，没有办法可想……

蒂蒂尔 噢！他们脸色多好，胖乎乎的，焕发着光彩！……脸上红彤彤的！……看样子营养很好……

蒂蒂尔的奶奶 他们不在世以后，身体都好极了……没有什么可担心的，从来不会生病，再没有什么不安……

屋里的挂钟敲了八下。

蒂蒂尔的奶奶 （惊讶）怎么回事？……

蒂蒂尔的爷爷 说实话,我不知道……大概是挂钟响吧……

蒂蒂尔的奶奶 这不可能……这钟从来不报时……

蒂蒂尔的爷爷 因为我们再也想不到时间……有谁想到时间了吧？……

蒂蒂尔 是的,是我想起了……现在几点钟？……

蒂蒂尔的爷爷 说实话,我再也不知道时间……我已经没有了这个习惯……挂钟响了八下,大概人间就叫作八点钟吧。

蒂蒂尔 光八点三刻等着我回去……是仙女要求这么做的……这至关重要……我要走了……

蒂蒂尔的奶奶 你们不能在吃晚饭的时候说走就走！……快点儿,快点儿,快把桌子摆到门口……我刚做好美味的白菜汤和李子馅儿饼……

所有人一齐动手,把桌子搬出来,放在门口,又拿出碟子、盆子等。

蒂蒂尔 说实话,我已经得到青鸟了……再说好久没喝白菜汤啦！……出门以后……旅馆里都没有这种汤……

蒂蒂尔的奶奶　　来吧！……都做好了……上桌吧,孩子们……既然你们这么忙,就别耽搁时间了……

　　　　点上灯以后就上汤。祖孙围桌而坐,大家挤挤挨挨、推推搡搡,发出快乐的欢笑声。

蒂蒂尔　（开怀大吃）汤真好喝！……天哪,汤真好喝！……我还要喝！我还要喝！……

　　　　他拿着木勺,乱敲盆子。

蒂蒂尔的爷爷　　得了,得了,安静一点儿……你总是不学好,你要把盆子敲碎了……

蒂蒂尔　（从凳上半欠起身子）我还要喝,我还要喝！……

　　　　他抓住汤钵,拖向自己。汤钵被打翻了,汤洒得满桌都是,还流到两个孩子的膝上,烫得他们喊叫起来。

蒂蒂尔的奶奶　　你瞧！……总不听话……

蒂蒂尔的爷爷　（给了蒂蒂尔一记响亮的耳光）给你这个！……

蒂蒂尔　（呆了一会儿,然后用手掩住面颊,神往地）噢！对了,就是这样,您活着的时候,就给过我这样的耳光……爷爷，这耳光打得真好，叫人痛快！……我得亲吻您一下！……

蒂蒂尔的爷爷 好，好，如果这叫你痛快，我还有的是……

挂钟敲响八点半。

蒂蒂尔 （跳起来）八点半了！……（扔下木勺）米蒂尔，再不走就来不及了！……

蒂蒂尔的奶奶 瞧你！……再多待一会儿！……家里又没有着火……我们难得见一次面……

蒂蒂尔 不，不行……光这样好……我答应过她……快点儿，米蒂尔，我们快走！……

蒂蒂尔的爷爷 上帝，活人有这么多的事，有这么多的烦恼，真是不顺心哪！……

蒂蒂尔 （提起鸟笼，匆匆地同每个人亲吻）再见，爷爷……再见，奶奶……再见，兄弟姐妹们，皮埃罗、罗贝尔、让、波莉娜、玛德莱娜、皮艾蕾特、丽盖特，还有你——奇奇！……我觉得我们俩不能再耽搁了……别哭，奶奶，我们会常常回来的……

蒂蒂尔的奶奶 每天都回来吧！……

蒂蒂尔 好的，好的！我们尽量多回来几次……

蒂蒂尔的奶奶 我们就只有这么点儿快乐，你们想到来看我们，我们就像过节似的！……

蒂蒂尔的爷爷　我们没有别的快乐……

蒂蒂尔　快，快！……我的鸟笼……我的鸟儿！……

蒂蒂尔的爷爷　（递给他鸟笼）都在这儿呢！……你知道，我一点儿不敢打包票，如果颜色不对……

蒂蒂尔　再见！再见！……

蒂蒂尔的兄弟姐妹　再见，蒂蒂尔！……再见，米蒂尔！……心里惦记着给我们带麦芽糖呀！……再见！……再来呀！……再来呀！……

　　蒂蒂尔和米蒂尔慢慢远去，众人挥着手帕。在说最后几句对白时，雾已渐起，说话声越来越低，到这一场末了，一切又消失在浓雾中。幕落时，只有蒂蒂尔和米蒂尔重又站在大橡树下。

蒂蒂尔　米蒂尔，打这儿走……

米蒂尔　光在哪儿？……

蒂蒂尔　我不知道……（瞧着笼中的鸟）瞧！鸟的颜色不是青的了！……变成了黑的！……

米蒂尔　哥哥，你把手伸给我……我又怕又冷……

　　幕落。

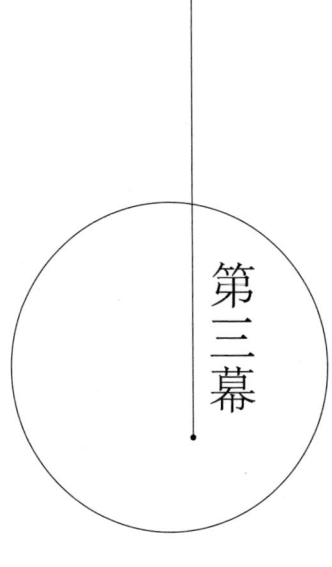

第三幕

第四场　夜之宫

　　一间宽敞的、仙境般的大殿，气象森严，光闪闪，阴森森，颇像希腊或埃及的庙宇；柱身、柱头、石板、装饰都是黑大理石的、金的和乌木的。大厅呈梯形，玄武岩的台阶几乎占据了横的一面，分为三个平面，渐次而上，直达背景。左右两侧，分别是列柱和好几扇幽暗的青铜大门。背景也设一扇巨大的青铜门。照亮这宫殿的只有隐约的微光，仿佛是大理石和乌木自身的光泽闪射出来的。

　　幕启时，面容姣妍、身穿黑长裙的夜坐在第二级台阶上，左右各有一个小孩。其中一个近乎裸体，有如小爱神，在酣睡中微笑着；另一个直立不动，自顶至踵蒙着轻纱。

　　猫从前台右侧上场。

夜　　谁在那儿走动？……

猫　　（颓然倒在大理石台阶上）是我，夜娘娘……我累坏了……

夜　　怎么回事，我的孩子？……你脸色苍白，瘦骨嶙峋，连胡须上都沾满污泥……你又在檐溜里、雨雪里打过架啦？……

猫　　同檐溜沾不上边！……这同我们的秘密有关！……大事不好了！……我设法逃出来一会儿给您报信，可我担心已经无法可想了……

夜　　什么？……发生了什么事？……

猫　　我已经告诉过您，就是那个樵夫的儿子小蒂蒂尔和那颗魔钻……现在他到这儿来问您要青鸟了……

夜　　他还没有获得青鸟呀……

猫　　我们要是不显现神通，他就会马上得到……事情是这样的：光给他做向导，把我们都出卖了，因为光已经完全站到人那一边。光刚刚知道，有许多梦幻的青鸟，靠月光生活，一见太阳就要死去，而那只独一无二真正的青鸟是见了日光也能活着的，这只青鸟就藏在这儿，混杂于其他青鸟当中……光明白她已经被禁止踏入您的宫殿，可是她差孩子们到这儿来，您又不能阻止人打开您的秘密之门，我真不知道这会怎么了结……不管怎样，要是出现了不幸，他们得着了青鸟，我们就只有灭亡了……

夜 主呀，主呀！……眼下是什么年头啊！我没有一刻安宁……近几年我再也不了解人了……人究竟要走到哪一步？……什么都得知道吗？……人已经夺走了我三分之一的秘密，我的那些恐怖都心里害怕，再也不敢出门了，我的那些幽灵四散奔逃，我的那些疾病也多数欠安……

猫 夜娘娘，我明白眼下的世道很艰难，差不多只有我们在同人做斗争……我听见孩子们已经走近了……我看只有一个办法：因为这两个都是孩子，只要吓唬他们一下，他们就不敢坚持，也不敢打开后面这扇大门，也就找不到月亮之鸟……其他岩洞的秘密完全可以转移他们的注意力，或者把他们吓跑……

夜 （倾听外面的声响）我听到什么啦？……他们来了好几个？……

猫 没有什么要紧的，是我们的朋友——面包和糖。水身体不舒服，火也不能来，因为他是光的亲戚……只有狗不是我们的人，但也没办法把他支开……

蒂蒂尔、米蒂尔、面包、糖和狗怯生生地从前台右侧上场。

猫　　　（急忙赶过去迎接蒂蒂尔）打这儿走，打这儿走，我的小主人……我已经先向夜通报过了，她很高兴接待你们……不过要谅解她，她有点儿不舒服，所以不能出来迎候你们……

蒂蒂尔　夜夫人，白天好……

夜　　　（被触犯）白天好？我可听不惯这个……你完全可以对我说"晚上好"，至少要说"黄昏好"……

蒂蒂尔　（克制地）对不起，夫人……是我不懂……（指着夜左右那两个孩子）这是您的孩子吗？……他们真可爱……

夜　　　是挺可爱的，这是睡眠……

蒂蒂尔　他怎么这样胖？……

夜　　　因为他睡得好……

蒂蒂尔　遮住自己的那个孩子呢？……她为什么要戴面纱？……她有病吗？……她叫什么名字？……

夜　　　这是睡眠的姐妹……最好不说出她的名字……

蒂蒂尔　为什么？……

夜　　　因为这个名字人人都不爱听……还是说点儿别的事情吧……猫刚才告诉我，你们到这儿来，是要寻找青鸟？……

蒂蒂尔　是的，夫人，您肯让我们找吗？……请您告诉我，青鸟在哪儿？……

夜　　　我一无所知，我的小朋友……我所能断定的，就

	是青鸟不在这儿……我从来没有看见过……
蒂蒂尔	在这儿,就在这儿……光告诉我了,青鸟在这儿。光不会瞎说的……您肯把钥匙交给我吗?……
夜	我的小朋友,你要明白,我不能把钥匙这样随便交给别人……我守护着大自然的一切秘密,要负责任的。我受到约束,绝对不能把这些秘密泄露给任何人,更不用说泄露给一个孩子……
蒂蒂尔	可是如果有人要求知道这些秘密,您是没有权利拒绝的……这个我知道……
夜	是谁告诉你的?……
蒂蒂尔	是光……
夜	又是光!总是光!……她怎么样样都管?……
狗	你肯让我把钥匙从她的手里抢过来吗,我的小神仙?……
蒂蒂尔	住口,别吱声,有礼貌一点儿……(对夜)得了,夫人,请把钥匙交给我吧……
夜	你至少要有个凭证吧?……凭证在哪儿?……
蒂蒂尔	(戳着自己的帽子)瞧这钻石……
夜	(无奈)好吧……这把钥匙能打开所有的门……你要遇到不幸那是活该……我可不负任何责任。
面 包	(十分不安)有危险吗?……
夜	危险?……这样说吧,有的铜门一打开就是深渊,连我自己也束手无策……自从开天辟地以来,凡

是成为人生祸患的一切罪恶、一切灾害、一切疾病、一切恐怖、一切灾难、一切秘密，都一一藏在这个殿堂四周的玄武岩石洞里……我依靠命运的帮助，才好不容易把他们都关在里面。不瞒你说，我能使这些无法无天的家伙维持一点儿秩序，实在是不容易呀……要是有一个逃脱出来，出现在人间，会发生什么事，大家是知道的……

面　包　以我的高龄、我的经验和我的忠心，我理所当然是这两个孩子的保护者，因此，夜夫人，请允许我提一个问题……

夜　　　说吧……

面　包　遇到危险，该从哪儿逃呢？……

夜　　　没有办法逃。

蒂蒂尔　（接过钥匙，往上走几步）我们从这儿开始吧……这扇铜门里面有些什么？……

夜　　　我想是些幽灵吧……我好久没有打开了，幽灵也好久没有出来过……

蒂蒂尔　（把钥匙插入锁孔）我来看看……（对面包）你拿着装青鸟的笼子吗？……

面　包　（牙齿咯咯作响）我并不是害怕，不过，你不要开门，先往锁孔里瞧瞧，不是更好吗？……

蒂蒂尔　我没有征求你的意见……

米蒂尔　（突然哭起来）我害怕！……糖在哪儿？……我要

	|回家！……
糖	（殷勤、奉承）小姐，我在这儿，我在这儿……您别哭，我这就掰下一个指头，给您尝尝麦芽糖……
蒂蒂尔	别说了……

他转动钥匙，小心地把门打开一点儿，立即跑出五六个奇形怪状、各个不同的幽灵，四处散开。面包吓得扔下鸟笼，躲到殿堂的尽头。夜一面追赶幽灵，一面对蒂蒂尔嚷着。

夜	快，快！……快把门关上！……如果他们都跑出来，我们就没有办法抓回去了！……自从人不再把幽灵当回事，他们在里面就憋得慌……（她一面追赶幽灵，一面用鞭子竭力把他们赶回牢里）给我帮帮忙！……这边走！……这边走！……
蒂蒂尔	（对狗）你去帮帮她，蒂洛，快过去！……
狗	（吠叫着跳过去）好的！好的！好的！……
蒂蒂尔	面包在哪儿？……
面　包	（在大殿的尽头）在这儿……我靠近门，不让幽灵出来……

有个幽灵往面包那边跑去，面包拔腿就逃，吓得大叫。

夜　　（揪住三个幽灵的衣领，冲着他们）你们打这儿走！……（对蒂蒂尔）把门打开一点儿……（她将幽灵推进岩洞）在里边好……（狗追回两个）还有两个……快，挤进去……你们不是不知道，要到圣徒节才能出来。

　　　　她关上门。

蒂蒂尔　（走向另一扇门）这扇门里面有些什么？……
夜　　　何必费事呢？……我已经对你说过了，青鸟从来没到过这儿……好吧，随你的便……你想开就开……里面是疾病……
蒂蒂尔　（把钥匙插入锁孔）开门时要小心提防吗？……
夜　　　不，用不着……疾病非常娴静，这些可怜的小东西……她们并不幸运……最近，人对疾病猛烈开战！……特别是发现了微生物以后……打开门，你就会看到……

　　　　蒂蒂尔将门敞开，什么也没有出现。

蒂蒂尔　疾病怎么不出来？……
夜　　　我对你说过了嘛，她们差不多都很不好过，十分泄气……医生对她们可不客气……你进去瞧一瞧吧……

　　蒂蒂尔走进岩洞，马上便退了出来。

蒂蒂尔　青鸟不在里边……您的疾病都是病病歪歪的……连头都抬不起来……（一个小不点儿的疾病，穿着拖鞋、睡衣，戴着睡帽，从岩洞里跑出来，在大殿里开始手舞足蹈起来）瞧！……有个小不点儿溜出来了！……这是什么？……

夜　没什么要紧的，这是最小的一个疾病，名叫感冒……她受到的迫害最少，身体最好……（叫感冒）小家伙，到这儿来……现在还太早，要等到春天……

　　感冒打喷嚏，咳嗽，擤鼻涕，回到岩洞里去，蒂蒂尔把门关上。

蒂蒂尔　（走向旁边的一扇门）看看这扇门吧……里面是什么？……

夜　小心……里面是战争……如今她们变得空前的可怕和威力强大……要是逃出来一个，天知道会发生什么事！……幸亏她们十分臃肿和迟钝……你快点儿向岩洞瞥上一眼，而我们都准备好，一起把门推上……

蒂蒂尔万分小心，只打开了一条缝，刚够他往里面瞧。他随即靠在门上叫起来。

蒂蒂尔　快，快！……用力推！……她们瞧见我了！都拥了过来，要把门打开！……

夜　大家都来使劲儿！……用力推门！……喂，面包，你在干吗？……大家都来推！……她们真有力气！……啊！瞧！行了……她们推不动了……刚好堵上！……你看见了吧？……

蒂蒂尔　看见了，看见了！……一个个那么庞大，那么可怕！……我想她们不会有青鸟……

夜　当然没有……她们会马上把青鸟吃了……那么，你看够了吧？……你瞧，没有什么可看的了……

蒂蒂尔　所有的地方我都得看……光是这样说的……

夜　光这样说的！……她胆怯害怕，躲在家里，说说是容易的……

蒂蒂尔　我们去开下一扇门吧……里面是什么？……

夜　这里面我关着黑暗和恐怖……

蒂蒂尔　可以打开吗？……

夜　当然可以……她们都很沉静，像疾病一样……

蒂蒂尔　（有点儿不信，打开一条缝，往里瞧了瞧）她们不在里面……

夜　　　（也往里瞧了瞧）喂，黑暗，你们在干吗？……出来一会儿，对你们会有好处的，可以活动一下筋骨。恐怖也出来吧……没有什么可害怕的……（几个黑暗和恐怖，妇人打扮，前面几个戴着黑色面纱，后面几个戴着浅绿色面纱，欲行又止地走出岩洞，一见蒂蒂尔做了个手势，便赶忙缩了回去）嗨，别怕……这是个孩子，不会伤害你们的……（对蒂蒂尔）她们变得胆小极了，除了那几个长得高高大大的，你瞧，就在最里面……

蒂蒂尔　（往最里面看）噢！她们多可怕呀！……

夜　　　她们都被上了锁链……只有这几个不怕人……把门关上吧，免得她们发火……

蒂蒂尔　（走向下一扇门）瞧！……这一扇门更加阴森……里面是什么？……

夜　　　里面关着几个神秘……如果你一定要看，也可以打开……不过别进去……千万小心，我们得准备好推门，就像刚才对付战争那样……

蒂蒂尔　（非常小心地打开一点儿门，胆怯地把头伸进门去）噢！……真冷！……我的眼睛都冷痛了！……快关门！……用力推！……他们也在推！……（夜、狗、猫和糖把门推上）噢！我看见了！……

夜　　　看见了什么呢？……

蒂蒂尔　（惶然）说不出来是什么，这真可怕！……他们像

　　　　　无眼怪物一样坐在那儿……想抓住我的那个巨人叫什么？……

夜　　　大概是沉默，他看守这扇门……看来这很可怕吧？……你现在脸还煞白，浑身都在发抖……

蒂蒂尔　是可怕，我没有想到……我从来没有看到过……我的手都冻僵了……

夜　　　你继续看下去，那只会更糟……

蒂蒂尔　（走向下一扇门）这一扇呢？……里面一样可怕吗？……

夜　　　不，里面是些杂七杂八的东西……我放着用不上的星星，我自备的芬芳，归我所属的几种光亮，如磷火、白萤火虫、黄萤火虫……还关着露水、夜莺之歌……

蒂蒂尔　正要这些星星、夜莺之歌……大概就是这扇门了。

夜　　　你要开就打开吧，里面没有什么凶恶的东西……

　　　　蒂蒂尔把门敞开。星星们穿着美丽少女的服装，她们的面纱发出五颜六色的闪光。她们马上奔出牢笼，散至大殿，在台阶上，在柱子旁，围成一个个好看的圆圈，身上的光忽明忽灭。隐约难辨的夜的芬芳、磷火、萤火虫、通体透明的露水同星星会合，而夜莺之歌像潮水般涌出岩洞，遍布夜之宫。

米蒂尔　（高兴地拍手）噢！多漂亮的太太们！……

蒂蒂尔　她们舞跳得多好！……

米蒂尔　她们身上多香啊！……

蒂蒂尔　她们唱得多好听啊！……

米蒂尔　那些隐隐约约的人是谁？……

夜　　那是夜的芬芳……

蒂蒂尔　还有那边穿着玻璃丝的人呢？……

夜　　那是森林里和平原上的露水……不过这已经够了……她们没完没了……一跳上了舞，就不容易把她们赶回去……（拍手）得了，星星，快点儿！……现在不是跳舞的时候……天空浓云密布……得了，快点儿，大家都回去，要不然我去找一缕太阳光来……

　　　　星星、芬芳等惊惶奔逃，进入岩洞，门随即关上。夜莺之歌也销声匿迹。

蒂蒂尔　（走向背景那扇大门）这是中间的大门……

夜　　（庄重）别打开这扇门……

蒂蒂尔　为什么？……

夜　　因为禁止打开……

蒂蒂尔　青鸟正是藏在这里面，光对我说过……

夜　　（慈爱）我的孩子，你听我说……我一直很和蔼，很顺从……我对你所做的还从来没对别人做过……我给你透露了我所有的秘密……我非常喜欢你，我可怜你年幼天真，我像母亲一样对你说话……你听我说，我的孩子，相信我的话，放弃你的念头，别再往前闯了，别去碰运气了，不要打开这扇门……

蒂蒂尔 （有点儿动摇）可是究竟为什么？……

夜 因为我不愿意叫你送命……你听着，凡是打开这扇门的人，哪怕只打开头发丝那么一条缝，一到日出，都没有生还的……因为这个深渊没有人敢给它起一个名字，人的目光一接触到它发出的威胁，便要危及生命，比起它最轻微的威胁，一切可以想象的恐怖，人间的一切可怕事物，便都不算什么了……因此，如果你不顾一切，坚持要打开这扇门，那么我请你等一下，让我躲进那没有窗户的塔里去……现在你该明白了吧，你该考虑一下了吧……

米蒂尔吓得又哭又叫，想把蒂蒂尔拖走。

面 包 （牙齿咯咯作响）别开这扇门了，我的小主人！……（跪下）可怜可怜我们！……我跪下来求您了……您要知道，夜说得对呀……

猫　　　您这是要拿我们大家的生命当儿戏呢……

蒂蒂尔　我应该打开这道门……

米蒂尔　（一面哭一面跺脚）不要开！……不要开！……

蒂蒂尔　糖和面包，你们拉上米蒂尔，同她一起离开这儿……我马上要开门了……

夜　　　大家逃命吧！……快走……现在还来得及！……

　　　　她溜走了。

面　包　（没命地逃）至少得等我们跑到大殿的尽头！……

猫　　　（也奔逃）等一等！……等一等！……

　　　　他们都躲在大殿另一头的列柱后面。只有蒂蒂尔同狗站在大门旁边。

狗　　　（因抑制恐惧而喘气、打嗝）我呢，我留下，我留下……我不怕……我留下！……我待在小神仙的身边……我留下！……我留下！……

蒂蒂尔　（抚摸狗）很好！蒂洛，很好！……拥抱我吧……我们是两个……现在我们得小心！……（他把钥匙对准锁孔。从那些逃跑者躲藏的那一头发出一声惊叫。钥匙刚碰到大门，那两扇高门板便打开了，徐徐向两旁滑行，最后隐入墙内。突然,眼前现出一座充满了夜间闪光的梦幻般的花园,虚无缥缈,无边无际,难以形容,出人意料。仙境中的青鸟成群出没于星星之间,所触之物都被照亮,它们不停地飞翔于宝石闪烁和月光之中,持续地、和谐地组合变化,直至天际。青鸟多得不可胜数,仿佛就是气息、空气、仙境花园本身。——蒂蒂尔目眩神迷,站在映照花园的亮光之中。)噢!……天哪!……(转向逃走的那一群)你们快来!……青鸟在这儿!……是青鸟!是青鸟!是青鸟!……我们终于找到青鸟了!……几千只青鸟!……几百万只!……几十亿只!……青鸟太多了!……米蒂尔,快来呀!……蒂洛,快来呀!……大家快来呀!……来帮帮我!……(扑向青鸟)青鸟可以满把抓!……青鸟并不凶!……也不怕我们!……打这儿走!打这儿走!……(米蒂尔和其他人都跑过来。他们走进这个光彩夺目的花园,除了夜和猫)你们瞧呀!……青鸟太多了!……都飞到我的手里来啦!……你们瞧呀,青鸟吃的是月光!……米蒂尔,你在哪儿?……蓝翅膀那么多,羽毛那么多,要是落下来,就什么都看不见了!……蒂洛!别咬青鸟……别伤青鸟!……要轻轻地捉住!

米蒂尔　（浑身落满青鸟）我已经抓住七只！……噢！青鸟要拍打翅膀！……我抓不住了！……

蒂蒂尔　我也抓不住了！……我手里太多了！……青鸟飞跑了！……又飞回来了！……蒂洛也抓住青鸟了！青鸟要把我载走！……载到天上去！……来呀，我们从这儿出去！……光在等着我们！……她会高兴的！……这边走，这边走！……

　　他们俩逃出花园，满手是扑打着的鸟儿，穿过大殿时，鸟儿的蓝翅膀发狂地扇动着。他们从右边下场，即从上场的地方出去；面包和糖紧跟在后，他们俩没有捉鸟。留下的只有夜和猫，一起登上最高的台阶，忧郁地望着花园。

夜　他们抓到青鸟了吗？……

猫　没有……我看到青鸟在那片月光上面……他们够不到，青鸟所在的地方太高了……

　　幕落。光从左边马上来到幕前，与此同时，蒂蒂尔、米蒂尔和狗从右边跑上，满手都是刚抓到的鸟儿。可是，鸟儿这时已经一动不动，头耷拉着晃荡着，翅膀折断，仅仅是一堆毫无生命的猎获物。

光　　　怎么样,你们抓到青鸟了吗?……

蒂蒂尔　抓到了,抓到了!……随便你抓……有好几千只!……在这儿!……你看看!……(瞅着自己递给光的鸟儿,发觉鸟儿已经死了)怎么!……鸟儿死了……谁弄死的?……米蒂尔,你的也死了吗?……蒂洛的也死了。(气恼地把死鸟掷到地上)啊!这太恶作剧了!……谁弄死鸟儿的?……我太倒霉了!……

　　　　他抱头大哭起来。

光　　　(慈爱地搂抱着他)别哭了,我的孩子……你并没有抓住那只在白天也能活着的青鸟……那只鸟已经飞到别的地方去了……我们以后会抓到的……

狗　　　(瞧着死鸟)这些鸟儿能吃吗?……

　　　　他们从左边下场。

第五场　森　林

　　一座森林。黑夜。月光。各种各样的老树,特别是有一棵橡树、一棵山毛榉、一棵榆树、一棵白杨、一棵枞树、一棵柏树、一棵菩提树、一棵栗树。

　　猫上场。

猫　　（一一向树鞠躬致意）向各位致意!

树叶声　向你致意!……

猫　　今天是个重大的日子!……我们的仇敌要来释放你们的能量,他是自投罗网……他叫蒂蒂尔,是那个叫你们受够了苦的樵夫的儿子……他要寻找青鸟,正是你们自从开天辟地以来对人隐藏至今的那只鸟,只有这只青鸟知道我们的秘密……（树叶细语声）您说什么?……哦,是白杨在说话……是的,他有一颗钻石,能把我们的灵魂暂时释放出来；他能迫使我们交出青鸟，到时候我们就得永远受人摆布了……（树叶细语声）谁在说话？……哦，是橡树……您身体好吗？……（橡树叶沙沙声）总是感冒？……甘草不再照看您了吗？……老是风湿痛？……请您相信我的话，这是苔藓的缘故，您脚上的苔藓太多了……青鸟一直在您身上吗？……（橡树叶沙沙声）您说什么？……对，如今没有犹豫的余地，必须利用这个机会，把他干掉……（树叶细语声）能行吗？……行，他同妹妹一起来，她也得死去……（树叶细语声）是的，狗陪伴着他们俩，没有办法把狗调开……（树叶细语声）您说什么？……腐蚀狗？……这办不到……我什么法子都试过了……（树叶细语声）啊！枞树，是您说话吗？……是的，准备好四块板……是的，还有火、糖、水、面包……他们都是我们的人，除了面包，他很靠不住……只有光站在人那边，不过光不会来……我哄那两个孩子，等光睡着的时候偷偷跑出来……机会只有这一次……（树叶细语声）哦！这是山毛榉的声音！……是的，您说得很对，要事先通知群兽……兔子的鼓还在吗？……兔子在您这儿？……好，叫他马上打鼓……他们来了！……

兔子的鼓声渐渐远去。

蒂蒂尔、米蒂尔和狗上场。

蒂蒂尔 是在这儿吗？……

猫 （谄媚、甜蜜、殷勤地跑过去迎接孩子们）啊！您来了，我的小主人！……您气色真好，今天晚上您多漂亮！……我比您先到一步，宣布您要到这儿来……一切如意。这一回我们会得着青鸟了，我拿得稳……我刚派兔子去打鼓，把当地主要的野兽都召集起来……可以听到他们踩踏落叶的声音了……您听一听！……他们有点儿胆怯，不敢走过来……（各种兽类的声音，如母牛、猪、马、驴等。猫把蒂蒂尔拉到一旁说话）您干吗要把狗带来？……我早对您说过，狗同所有的人，甚至同树木都要闹别扭……我真担心他在这里讨人厌，把什么都弄糟了……

蒂蒂尔 我摆脱不了他……（威胁狗）滚开，畜生！……

狗 说谁？……是说我吗？……为什么？……我怎么啦？……

蒂蒂尔 我对你说"滚开"！……非常简单，你在这儿没用……最后还要碍事！……

狗 我一句话也不说……我远远地跟着……别人看不见我……你要我用后腿站起来耍把戏吗？……

猫	（低声对蒂蒂尔）您能容忍他这样不听话吗？给他的鼻子几棍子，真是叫人忍无可忍！……
蒂蒂尔	（打狗）叫你学学服从得快些！……
狗	（哀叫）哎！哎！哎！……
蒂蒂尔	你还有什么话说？……
狗	既然你打了我，我就得跟你亲热亲热！……

狗抱着蒂蒂尔，一个劲儿地抚摸他。

蒂蒂尔	得了……行了……够了……走开吧！……
米蒂尔	不，不，我要他留下……他不在我什么都害怕……
狗	（扑过去，几乎把米蒂尔撞倒，急促地、热烈地抚摸她）噢！好心的小姑娘！……她多漂亮，她多善良！……她多漂亮，她多和气！……我得抱吻她，再吻一下，再吻一下，再吻一下！……
猫	多傻呀！……说实话，我们等会儿瞧吧……别浪费时间了……快转动钻石……
蒂蒂尔	我该站在哪儿？
猫	站在这片月光下，您可以看得更清楚……就在这儿！轻轻转一下……

蒂蒂尔转动钻石，马上响起一阵树枝和树叶的颤动声。最粗壮的古树干从中间裂开，让包在里面的灵

魂走出来。可以看到，这些灵魂因他们所代表的树的外表特性而各不相同。比如，榆树的灵魂是一个大腹便便的侏儒，性急暴躁；菩提树的灵魂和善、亲热、快活；山毛榉的灵魂高雅灵活；桦树的灵魂白皙、矜持，惴惴不安；柳树的灵魂瘦弱，长发，凄楚动人；枞树的灵魂修长瘦削，沉默寡言；柏树的灵魂神情悲怆；栗树的灵魂自命不凡，打扮时髦；白杨树的灵魂活泼、饱满，叽叽喳喳。有的灵魂从树身徐步而出，手脚麻木，仿佛经过长年幽禁或百年沉睡，要伸伸懒腰；还有的灵魂轻快、急速地蹦跳而出。所有灵魂都环绕在两个孩子周围，而又尽可能地靠近自身所属的那棵树。

白　杨　（第一个跑出来，高声喊着）是人！……是小人儿！……可以同他们说话了！……沉默结束了！……结束了！他们打哪儿来？……他们是谁？……他们是什么样的人？……（菩提树沉静地抽着烟斗走过来，对菩提树）菩提树老爹，您认识他们吗？……

菩提树　我想不起见过他们……

白　杨　见过的，嗨，见过的！……您认识所有的人，您总在人的屋子四周散步……

菩提树　（端详孩子们）没有见过，我要对您说实话……我不认识他们……他们年纪还小……我只认得在月光下来看我的情人，或者在我的树枝下碰杯的酒鬼……

栗　树　（冷冰冰地戴上单片眼镜）这是什么人？……是乡下的穷人吗？……

白　杨　噢！是您，栗树先生，您早就只光顾大城市的林荫道了……

柳　树　（穿着木头鞋，唉声叹气地走过来）我的上帝，我的上帝！……他们又来砍掉我的头和胳膊去当柴烧了！……

白　杨　别说了！……瞧，橡树从他的宫殿里出来了！……今天晚上他好像心里不好受……你们不觉得他变老了吗？……他有多大年纪了？……枞树说他有四千岁，但我拿得准，他夸大了……注意，他要对我们说什么了……

　　　　橡树缓步向前。他像寓言中那样老态龙钟，头戴槲寄生，身穿苔藓镶边的绿长袍。他双目失明，白胡须迎风飘拂。他一只手拄着根虬结的拐棍，另一只手扶着一个年轻的小橡树，那是他的引路人。青鸟栖息在他的肩上。当他走近时，排列整齐的各种树都向他鞠躬致意。

蒂蒂尔　青鸟在他身上！……快！快！……这边走！……把

鸟给我！……

群　　树　别说话！……

猫　　　（对蒂蒂尔）把帽子脱了，这是橡树！……

橡　　树　（对蒂蒂尔）你是谁？……

蒂蒂尔　我是蒂蒂尔，先生……我什么时候能得到青鸟？……

橡　　树　蒂蒂尔，你是樵夫的儿子吧？……

蒂蒂尔　是的，先生……

橡　　树　你的父亲带给我们那么多伤害……单是我一家，他就弄死我六百个儿子，四百七十五个叔伯姑姑，一千两百个堂表兄弟姐妹，三百八十个媳妇，一万两千个曾孙！……

蒂蒂尔　我不知道这些事，先生……他不是故意这样做的……

橡　　树　你到这儿来干吗？你为什么让我们的灵魂都走出来？……

蒂蒂尔　先生，请原谅我们打扰了您……是猫告诉我，您要对我们说出青鸟在哪儿……

橡　　树　是呀，我知道你在寻找青鸟，就是说，寻找一切事物和幸福的秘密，好让人类使我们的奴隶地位变得更加难熬……

蒂蒂尔　不是这样的，先生。我们是为了贝丽吕娜仙女的小姑娘才来寻找青鸟的，她病得很重……

橡　　树　（不让他说下去）够了！……我没有听到群兽的声音……他们在哪儿？……这件事既关系到我们，

也同样关系到他们……不该只由我们来承担这样重大的责任……有朝一日人类知道了我们要干什么事,那是要下毒手的……我们应该取得一致意见,免得以后彼此责怪……

枞　　树　（越过群树的头上望着）群兽来了……跟在兔子后面……瞧,有马的灵魂、公牛的灵魂、阉牛的灵魂、母牛的灵魂、狼的灵魂、绵羊的灵魂、猪的灵魂、公鸡的灵魂、山羊的灵魂、驴的灵魂和熊的灵魂……

群兽的灵魂依次上场,枞树每念一个,就走上前去一个,坐在群树中间,只有山羊的灵魂在走来走去,猪的灵魂在寻找草根。

橡　　树　大家都到齐了吗?……

兔　　子　母鸡不能丢下她的蛋,野兔要奔跑,鹿的角痛,狐狸身体不舒服——这是医生的证明——鹅怎么说也不明白,火鸡生气了……

橡　　树　这样的弃权实在令人遗憾……然而,我们已达到法定人数……我的兄弟们,你们知道我们要商量什么事。就是这个孩子,从大地的威力那儿偷到一道符咒,靠它能夺走我们的青鸟,我们从生命起源之日起保守至今的秘密就会这样被夺去……我们很熟悉人类，不用说，只要人类拥有了这个秘密，等待着我们的命运是可想而知的。因此，我以为一切犹豫既很愚蠢，也是犯罪……现在是紧要关头，必须及早干掉这个孩子……

蒂蒂尔 （对猫）他在说什么？……

狗 （绕着橡树打转，向橡树龇牙咧嘴）你这个老不死的，你看见我的牙齿了吗？……

山毛榉 （愤怒）他侮辱橡树！……

橡　树 是狗吗？……撵他出去！我们这儿不能容忍一个叛逆分子！……

猫 （低声对蒂蒂尔）把狗赶到远处去……这是一个误会……让我来，我会把事儿处理好……不过要尽快把狗赶到一边去……

蒂蒂尔 （对狗）你快滚开！……

狗 让我来撕破这个患风湿痛的老家伙的苔藓拖鞋！……出出他的洋相！……

蒂蒂尔 住口！……快滚开！……快滚开呀，畜生！……

狗 好，好，马上就滚……你用得着我的时候，我再回来……

猫 （低声对蒂蒂尔）最好把他锁起来，否则他要干蠢事，那时群树会发火，就没有好结果了……

蒂蒂尔 怎么办呢？……我把牵狗的皮带丢了……

猫 正好常春藤带着结实的绳子来了……

狗　　　　（低声地嚎叫）我要回来的，我要回来的！……患痛风症的家伙，患支气管炎的家伙！……这堆长得歪七扭八的老家伙，这堆老树根！……是猫在那里操纵一切！……我要报复她一下！……你这样咬耳朵要干什么，你这个犹大、老虎、巴赞[5]！……汪！汪！汪！……

猫　　　　您瞧，他侮辱所有的人……

蒂蒂尔　　不假，狗真叫人讨厌，没有什么好商量的了……常春藤先生，您愿意把狗拴起来吗？……

常春藤　　（怯生生地走近狗）他不会咬人吧？……

狗　　　　（低沉地嚎叫）不会！不会！……他会好好拥抱你呢！……等一会儿你就会瞧见的！……走近点，走近点嘛，你这堆老藤条！……

蒂蒂尔　　（用棍威胁狗）蒂洛！……

狗　　　　（摇着尾巴爬到蒂蒂尔脚边）我该怎么做，我的小神仙？……

蒂蒂尔　　趴下！……你要听从常春藤的摆弄……让他把你捆上，否则……

狗　　　　（常春藤捆绑他的时候低沉地嚎叫）细藤条！……上吊的绳！……牵牛的绳！……拴猪的绳！……我的小神仙，你瞧呀……他扭我的爪子……他要把我勒死啦！……

蒂蒂尔　　活该！……你自己招来的！……住嘴，别吱声，你

狗	真叫人讨厌！……
	无论如何你是做错了……他们不怀好意……我的小神仙，要小心提防呀！……他封住了我的嘴！……我不能说话了！……
常春藤	（像捆包裹一样把狗捆结实）该把狗放到哪儿？……我捆了个结实……他说不了话了……
橡　树	把他牢牢地绑在我后面那个大树根上……待会儿我们再来看该怎么对待他……（常春藤在白杨树的帮助下，把狗背到橡树后面）绑好了吗？……好，现在我们摆脱了这个碍事的目击者，这个叛逆分子，我们就按照我们的正义和真理来讨论一下……我一点儿也不向你们隐瞒，我非常激动，激动到了难受的地步……这是破天荒头一遭我们能够审判人，让人感受到我们的威力……我认为，人给我们带来那么多伤害，让我们惨遭骇人听闻的不义对待，所以人该受什么判决，那是毫无疑问的……
群树和群兽	毫无疑问！……毫无疑问！……绞刑！……死刑！……太伤天害理了！……太无法无天了！……时间太长了！……砸死他！吃了他！马上动手！……马上动手！……
蒂蒂尔	（对猫）他们怎么啦？……他们不高兴？……
猫	别担心……他们有点儿生气，是因为春天来迟了……

	让我来，我会把一切都处理好……
橡　树	全体一致是势所必然的……现在的问题是要明确，为避免报复，采取哪一种刑罚最切实可行，最合适、最简便、最稳妥，而且当人们在森林里找到小尸体时，最无迹可寻……
蒂蒂尔	说这些干什么？……他要干吗？……我已经听够了……既然青鸟在他那儿，他给我就是了……
公　牛	（向前）最切实可行和最稳妥的刑罚，就是对准他的心窝用角狠狠地顶一下。——我顶过去行吗？……
橡　树	谁这样说话？……
猫	是公牛。
母　牛	你最好安静地待着……我呀，我可不插手……你看那边月光底下的一片草地，我都得啃光……够我对付的了……
阉　牛	我也是够忙的。不过，我预先表态，什么决定我都赞成……
山毛榉	我呀，我可以提供我最高处的树枝用来吊他们俩……
常春藤	我提供活结……
枞　树	我呢，我拿出造小棺材的四块板……
柏　树	我提供永久墓地……
柳　树	最简单的办法莫过于把他俩淹死在我的一条河里……这事交给我办……
菩提树	（和解地）得了，得了……难道非要走极端吗？他

俩年纪还很小……干脆把他俩关在一块空地上，我负责围上四周，这样就可以不让他俩为害……

橡　　树　谁这样说话？……我好像听出来是菩提树优美的嗓音……

枞　　树　确实是菩提树……

橡　　树　那么我们中间也像群兽中一样，有一个叛徒了？……至今我们只惋惜果树的背叛，但果树不是真正的树……

猪　　　（转动着贪馋的小眼睛）我呀，我想应该先吃掉小姑娘……她一定很嫩……

蒂蒂尔　（对猫）这家伙在说什么？……等一等……

猫　　　我不知道他们在干吗，不过，苗头有点儿不对……

橡　　树　别说话！……现在要决定我们当中最先动手的荣誉归谁所有，因为他要消除的是自有人类以来我们所面临的最大的危险……

枞　　树　这个荣誉当然属于您，我们的树木之王和众木之长……

橡　　树　是枞树在说话吗？……唉！我太老了！我已经双目失明，是个有残疾的人，我的手臂麻木了，不再听使唤……而您呢，我的兄弟，您四季常青，永远笔挺，这儿大半的树您都看到怎样生长，现在我不行了。解救我们这个高尚行动的荣耀应该落到您的身上……

枞　树　谢谢您，尊敬的家长……但是，埋葬这两个牺牲品的荣耀如果落在我身上，我担心要引起我的同伴有理由的嫉妒。我认为，除了我们俩，年纪最大、最有资格、拥有最好的棍棒的，要数山毛榉……

山毛榉　您要知道，我已经被虫蛀了，我的棍棒已很不可靠……而榆树和柏树拥有强大的武器……

榆　树　我当然是求之不得，但我连站都几乎站不直……昨晚有只鼹鼠扭了我的大脚趾……

柏　树　我呢，我已经准备好了……不过，正像我的兄弟枞树一样，我虽没有埋葬他俩的特权，但至少可以优先在他俩的坟上哭一场……我兼职太多怕不合适……还是请白杨去吧……

白　杨　让我去？……您想到哪儿去啦？……我的木质可比小孩的肉还嫩呢！……再说，我不知道自己是怎么了……我身上烧得发抖……瞧瞧我的叶子吧……一定是今天早上日出时受凉了……

橡　树　（勃然大怒）你们是怕人啊！……这两个孤立无援、手无寸铁的小孩子竟然也能引起你们神秘的恐惧，正是这种恐惧才使我们一直做奴隶的呀！……也罢！……机会难得，既然如此，我虽然年迈体衰，肢体麻木，颤颤巍巍，双目失明，也只能孤身前往，去对付我们的世仇！……他在哪儿？……

　　　　他用拐棍探路，走向蒂蒂尔。

蒂蒂尔　（从口袋里掏出小刀）这个挂着大拐棍的老家伙，是冲着我来的吗？……

　　　　群树见刀，吓得惊叫起来，因为刀是人神秘的、不可抵御的武器。群树上前劝阻，拉住橡树。

群　树　刀！……小心！……刀！……
橡　树　（要挣脱）放开我！……我无所谓！……管它是刀是斧！……谁拉住我？……怎么？你们都在这儿？……怎么？你们想怎么样？……（扔掉拐棍）那好吧！……就让咱们丢脸吧！……让群兽来解救我们吧！……
公　牛　就等这句话呢！……让我来干！……只要用角顶一下！……
阉牛和母牛　（拖住他的尾巴）你干吗插手？……别干蠢事！……这不是件好事！……没有好下场的……我们会倒霉的……随它去吧……这是野兽们的事……
公　牛　不，不！……这关我的事！……等着看吧……要不是你们拖住我，我就要给他好看！……
蒂蒂尔　（对吓得尖叫的米蒂尔）别害怕！……躲在我背后……我有刀……

087

公　鸡　这小家伙挺有胆量的！……

蒂蒂尔　这么看来，肯定是冲着我来啦？……

驴　　　那还用说，我的小不点儿，你看了那么长时间，也该看出来了！……

猪　　　你可以做祷告了，嘿，你的末日来临了。可别挡住那个小姑娘……我要把她看个够……我要先吃她……

蒂蒂尔　我得罪你们什么啦？……

绵　羊　什么也没有，我的小不点儿……吃掉我的小兄弟、我的两个姊妹、我的三个叔叔、我的姑母、我的爷爷和奶奶……等着瞧，等着瞧，你躺倒在地，就会看到我也是有牙齿的……

驴　　　我是有蹄子的！……

马　　　（傲然尥蹄）有你好看的！……你情愿我用牙齿撕碎你呢，还是用蹄子把你踢死？……（马神气十足地向蒂蒂尔走去，蒂蒂尔对马扬起了刀子。马骤然吃惊，转身奔逃。）啊！不成！……这不公道！……这不合规则！……他要自卫！……

公　鸡　（流露出赞赏）说实在的，小家伙一点儿也不胆怯！……

猪　　　（对熊和狼）我们一起冲上去……我来殿后……把他们俩撞倒，小姑娘一倒地，我们就分吃了她

狼　　　你们在前面逗引他们俩……我绕到背后去……

狼绕到蒂蒂尔背后,把蒂蒂尔撞倒在地。

蒂蒂尔 你这叛徒!……(一条腿跪着,挥动刀子竭力保护他的妹妹,米蒂尔尖叫着。群兽和群树看到蒂蒂尔半跪在地,都围拢过来,企图攻击他。舞台突然转暗。蒂蒂尔拼命地呼喊。)救命啊!救命啊!……蒂洛!蒂洛!……猫在哪儿?……蒂洛!……蒂莱特!蒂莱特!……快来呀!快来呀!……

猫 (伪善地待在一边)我帮不上忙……我的爪子刚扭伤了……

蒂蒂尔 (挡住攻击,竭力自卫)救命啊!……蒂洛!蒂洛!……我顶不住啦!……他们人太多!……有熊、猪、狼、驴、枞树、山毛榉!……蒂洛!蒂洛!蒂洛!……

狗拖着挣断的绳索,从橡树后面跳出来,挤进群树和群兽之中,扑到蒂蒂尔面前,奋力保护蒂蒂尔。

狗 (四处乱咬)我来了!我来了!我的小神仙!……别害怕!加把劲儿!……我咬起来可厉害着呢!……熊啊,这口咬在你的大屁股上!……嗨,还有谁要来一口!……猪,给你一口;马,给你一口;牛尾巴也来一口!瞧!我撕破了山毛榉的

　　　　　　短裤和橡树的围裙！……枞树溜号了！……天实在太热了！……

蒂蒂尔　（支持不住）我顶不住了！……柏树在我头上狠狠地打了一下……

狗　　　哎呦！柳树打了我一下！……他打折了我的爪子！……

蒂蒂尔　他们又冲上来了！都拥过来了！……这回是狼领头！……

狗　　　等着瞧，让我给他一口！……

狼　　　傻瓜！……我们的兄弟！……他的父母亲淹死过你的孩子呀！……

狗　　　他们做得好！……好极了！……因为孩子们很像你们！……

群树和群兽　叛逆！……白痴！……叛徒！变节者！傻子！……犹大！……让他去吧！他死定了！你还是和我们在一起吧！

狗　　　不！不！……我一个人也要反对你们大家！……不，不！……我要忠于天神！忠于最优秀的人！忠于最伟大的人！……（对蒂蒂尔）小心，熊来了！……提防公牛……我要扑向他们的咽喉……哎呦！……我挨了一脚……驴踢断了我的两颗牙齿……

蒂蒂尔　我顶不住了，蒂洛！……哎呦！……我挨了榆树一下……瞧，我的手流血了……不是狼，就是猪……

狗　　　等一下,我的小神仙……让我亲亲你。这儿,我好好舔舔你……舔了你会舒服些……好好躲在我的背后……他们再不敢靠近了……不对!……他们又来了!……啊!我挨了一下,这下可厉害了!……咱们要顶住!……

蒂蒂尔　(倒在地上)不行,我支持不住了……

狗　　　有人来了!……我听见了,我嗅到了!……

蒂蒂尔　在哪儿?……谁来了?……

狗　　　那边!那边!……是光来了!……她找到我们了!……我的小国王,我们得救了!……亲亲我吧!……我们得救了!……瞧!……他们都慌了!……他们散开了!……他们害怕了!……

蒂蒂尔　光!……光!……快来呀!……快一点儿!……他们造反了!……他们攻打我们!……

　　　　光上场。随着她向前,曙光在森林的上空升起,森林明亮起来。

光　　　怎么回事?……发生什么事啦?……可怜的孩子!你怎么这样糊涂呢!……转一下钻石嘛!他们就会返回静寂和黑暗之中,你也不会看到他们的各种情态了……

蒂蒂尔转动钻石。群树的灵魂纷纷奔回树干，树身随即合拢。群兽的灵魂也消失了。远处可以看到一头母牛和一只绵羊在悠闲地吃草。森林重新变得静谧无邪。蒂蒂尔十分惊讶，环顾四周。

蒂蒂尔　他们都到哪儿去啦？……这是怎么一回事？……他们发疯了吗？……

光　没有，他们就是这样的。因为平时人们看不到，所以不知道会这样……我早就告诉过你，我不在，唤醒他们是很危险的……

蒂蒂尔　（擦他的刀子）说实在的，要没有狗和这把小刀，真不知会怎么样……我真没想到他们会这样凶恶！……

光　你要明白，人在这世界上是要独立应对一切的……

狗　你没有受多少伤吧，我的小神仙？……

蒂蒂尔　没事……他们没有碰着米蒂尔……而你呢，我的好蒂洛？……你嘴上在流血，爪子也被折断了吧？……

狗　算不了什么……明天就没有伤痕了……这可是一场恶战呀！……

猫　（从矮树丛跛行而出）可不是！……阉牛顶了我肚子一角……虽然看不出伤痕，却痛死我了……橡树把我的爪子也打折了……

狗　我想知道是哪一只……

米蒂尔 （抚摸猫）我可怜的蒂莱特,当真?……你待在哪儿?……我怎么没看到你……

猫 （伪善）好姑娘,那头丑猪想吃你时,我去攻打他,却马上受了伤……就在这时,橡树重重地打了我一下,打得我晕头转向……

狗 （细声对猫）你呀,要知道,我有几句话要对你说……不会叫你白等的!……

猫 （对米蒂尔抱屈）好姑娘,他欺侮我……他要伤害我……

米蒂尔 （对狗）你能让她安心吗,畜生……

众人下场。

幕落。

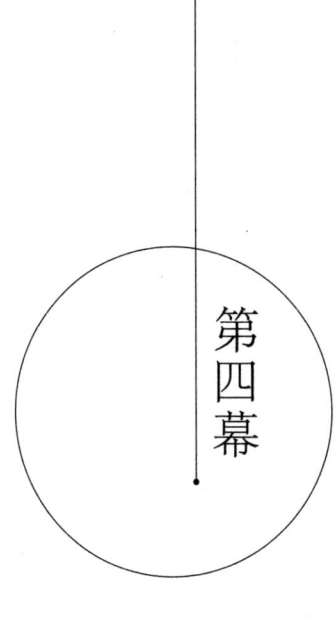

第四幕

第六场　幕　前

蒂蒂尔、米蒂尔、光、狗、猫、面包、火、糖、水和奶上场。

光　　　　我刚得到仙女贝丽吕娜的一个口信，她告诉我，青鸟可能就在这儿……

蒂蒂尔　　在哪儿？……

光　　　　在这儿，在这堵墙后面的墓地里……好像是这个墓地的一个死人把青鸟藏在了坟墓里……现在的问题是要知道究竟是哪个死人……必须挨个儿看一看……

蒂蒂尔　　挨个儿看一看？……怎么看呢？……

光　　　　再简单不过了，为了不过分打扰死人，你在半夜转动一下钻石，就会看到死人从地下走出来，或者可以看到那些不出来的死人在坟墓里……

蒂蒂尔　死人不会发火吧？……

光　　　绝对不会，他们甚至觉察不到……他们不喜欢别人打扰，因为他们一向习惯半夜出来，所以不会使他们难堪……

蒂蒂尔　怎么面包、糖和奶的脸色这样苍白，一句话也不说？……

奶　　　（踉跄）我觉得头晕……

光　　　（低声对蒂蒂尔）别理他们……他们害怕死人……

火　　　（蹦蹦跳跳）我呀，我不怕死人！……我习惯烧死人……我以前就烧过他们，那时烧比现在烧有趣得多……

蒂蒂尔　蒂洛干吗发抖？……难道他也害怕？……

狗　　　（牙齿咯咯作响）我吗？……我没有发抖……我从来不会害怕。只要你到哪儿，我就跟到哪儿……

蒂蒂尔　猫怎么一句话也不说？……

猫　　　（神秘地）我知道是怎么回事……

蒂蒂尔　（对光）你同我们一起去吗？……

光　　　不了，我最好同各样东西和动物留在墓地门口……时间还没到……光还不能闯进死人那里……我只能留下你单独同米蒂尔在一起……

蒂蒂尔　蒂洛不能同我们待在一起吗？……

狗　　　不，不，我留下，我留在这儿……我要待在我的小神仙身边！……

光　　　这不行……仙女的吩咐很明确。再说，也没有什么可害怕的……

狗 好吧,好吧,那就算了……如果死人很凶,我的小神仙,你只要这样吹一下(吹口哨),我就来……就像在森林里一样,汪!汪!汪!……

光 好,再见,我亲爱的孩子们……我就在不远的地方……(她拥抱两个孩子)爱我的人和我所爱的人随时能找到我……(对各样东西和动物)你们大家走这边……

光同各样东西、动物下场。两个孩子单独留在舞台中央。幕启,露出第七场的布景。

第七场 墓　地

夜晚。月光。一处乡村墓地。许多坟墓,长着青草的土墩,木十字架,墓碑,等等。

蒂蒂尔和米蒂尔站在一块墓碑旁边。

米蒂尔　我害怕!

蒂蒂尔　(心里有点儿发慌)我呀,我从来不会害怕……

米蒂尔　你说,死人很凶吗?……

蒂蒂尔　不凶,他们又不是活着的人……

米蒂尔　你见过死人吗?……

蒂蒂尔　是的,我很小的时候,曾经见过一次……

米蒂尔　你说,是什么模样的?……

蒂蒂尔　全身泛白,很沉静,冰冷,不说话……

米蒂尔　你说,我们马上要看到死人了吗?……

蒂蒂尔　当然啦,光是这样说的……

米蒂尔　死人在哪儿呢？……

蒂蒂尔　在这儿，在草皮底下，或者在大石块底下……

米蒂尔　他们一年到头都在那儿吗？……

蒂蒂尔　对。

米蒂尔　（指着石板盖）这是他们家的门口吗？……

蒂蒂尔　是的。

米蒂尔　天好的时候他们出来吗？……

蒂蒂尔　他们只能在晚上出来……

米蒂尔　为什么？……

蒂蒂尔　因为他们穿着睡衣……

米蒂尔　下雨时他们也出来吗？……

蒂蒂尔　天上下雨，他们就待在家里……

米蒂尔　你说，他们的家好吗？……

蒂蒂尔　听说非常狭小……

米蒂尔　他们有小孩儿吗？……

蒂蒂尔　当然有，死孩子都在他们那里……

米蒂尔　他们靠什么过活？……

蒂蒂尔　他们吃草根……

米蒂尔　我们就要见到他们了吗？……

蒂蒂尔　当然啦，因为一转动钻石，就什么都能看到。

米蒂尔　他们会说什么？……

蒂蒂尔　他们什么也不会说，因为他们不说话……

米蒂尔　他们为什么不说话？……

蒂蒂尔　因为他们没有什么话可说……
米蒂尔　他们为什么没有什么话可说？……
蒂蒂尔　你真烦……

　　　静场。

米蒂尔　你什么时候转动钻石？……
蒂蒂尔　你知道了嘛，光说过要等到半夜，因为那时可以少打扰他们……
米蒂尔　为什么那时会少打扰他们？……
蒂蒂尔　因为那时是他们出来透透气的时候。
米蒂尔　现在还不到半夜吗？……
蒂蒂尔　你看得见教堂的钟吧？……
米蒂尔　看得见，我连小针都看得见……
蒂蒂尔　嗨！半夜的钟声就要敲响了……到了！……刚刚好……你听见了吗？……

　　　传来子夜的十二下钟声。

米蒂尔　我想走！……
蒂蒂尔　现在不是走的时候……我要转动钻石了……
米蒂尔　不，不！……不要转动！……我要走！……哥哥，我心里害怕！……我害怕死了！……

蒂蒂尔　可是没有什么危险啊……

米蒂尔　我不想看死人！……我不想看死人！……

蒂蒂尔　好吧，你可以不看他们，闭上眼睛得了……

米蒂尔　（攥住蒂蒂尔的衣服）蒂蒂尔，我站不住了！……不，我不行了！……死人要从地下出来了！

蒂蒂尔　别这样发抖……他们只出来一会儿……

米蒂尔　可你也这样发抖！……他们一定很可怕！……

蒂蒂尔　到时候了，不然要错过了……

　　　　蒂蒂尔转动钻石。好一会儿鸦雀无声，样样东西都一动不动，非常恐怖。然后慢慢地，十字架开始摇晃起来，土墩裂开，石板盖掀了起来。

米蒂尔　（蹲下来靠着蒂蒂尔）他们出来了！……他们出来了！……

　　　　这时，从所有裂开的坟墓中，都慢慢地开出一朵朵花来，先是像水汽一样稀薄和飘拂不定，继而变白和鲜艳起来，越来越茂盛，越来越高耸，花团锦簇，艳丽异常。花儿无可抵挡地逐渐蔓延到一切东西上去，把墓地变为一个仙境中的婚礼花园。不久，曙光就将升起。露水晶莹闪亮，百花怒放，风过叶响，蜜蜂嗡嗡，鸟儿苏醒，将赞颂太阳和生命的第一阵醉人的歌声传向四方。蒂蒂尔和米蒂尔看呆了,目眩神迷,手拉着手,在花丛中走了几步,寻找着坟墓的踪迹。

米蒂尔 (在花丛中寻找)死人在哪儿呢?……
蒂蒂尔 (也在花丛中寻找)没有死人呀……

  幕落。

第八场　幕　前

幕上呈现出美丽的云彩。

蒂蒂尔、米蒂尔、光、狗、猫、面包、火、糖、水和奶上场。

光　　我想这回我们总能捉住青鸟了。我一开始就该想到这儿……直到今天早上，曙光来临，我恢复了力气，这个念头才像光线掠过天空一样来到我脑子里……我们眼下来到了魔术花园的入口，这花园由命运守卫，人类的一切欢乐和幸福都汇聚在这儿……

蒂蒂尔　里面有很多欢乐和幸福吗？我们能同他们在一起吗？欢乐和幸福都是小个儿吗？……

光　　有小个儿，有大个儿，有胖的，有细巧的，有很漂亮的，也有不怎么好看的……不久以前，最丑的都被赶出花园，到不幸那里安身去了。需要说

　　　　清楚的是，不幸就住在毗邻的洞穴里，这洞穴同幸福之园是相通的，中间只隔一道雾障或一层薄幕，从正义之港或永恒之渊吹来的风会不时把这薄幕掀起……眼下的问题是要组织起来，加点儿小心。一般来说，幸福都是非常和蔼的，但也有个别的比最大的不幸还要阴险，还要奸诈……

面　包　我有个主意！假如他们很阴险、很奸诈，我们最好都等在门口，孩子们不得不奔逃的时候，我们不就可以去援助他们了吗？……

狗　　　不好！一点儿都不好！……我的小神仙要到哪儿，我就想跟到哪儿！……让胆怯的人待在门口吧！……我们不需要（瞧着面包）胆小鬼，（瞧着猫）也不需要奸贼！……

火　　　我呀，我要跟着去！……看样子很有趣！……可以一直跳舞……

面　包　里面也有吃的吧？……

水　　　（呜咽）我连最小的幸福都没见过！……我总得见一见！……

光　　　别说了！没有人征求你们的意见……这就是我做出的决定：狗、面包和糖陪着两个孩子。水不要进去，因为她冷冰冰的，火也不要进去，因为他太爱闹了。我劝奶还是留在门外，因为她太容易动感情。至于猫呢，她爱怎么样都可以……

狗	她心里害怕着呢！……
猫	有几个不幸我顺便要去问候一下，他们都是我的老朋友，就住在幸福的隔壁……
蒂蒂尔	那么你呢，光，你也进去吗？……
光	我不能这样到幸福那儿去，他们大半都吃不消我的照射……我这儿有一块厚面纱，我去拜望幸福的人儿时就要戴上……（她抖开一条长面纱，仔细地裹住自己）不能让我的灵魂的一丝闪光吓坏了他们，因为有很多幸福非常胆小……瞧，像我这样，那些不怎么漂亮的和最胖的幸福也不会有什么可害怕的了……

幕拉开，露出第九场的布景。

第九场　幸福之园

　　幕启时，展现出幸福之园的前部，耸立着大理石圆柱支撑的一间大殿，柱间张挂着沉甸甸的绛红的帷幕，用金线粗绳系牢，遮住了整个背景。这幢建筑令人想起文艺复兴时期威尼斯或佛兰德斯最淫靡、最繁华的时代，即委罗内塞[6]和鲁本斯[7]的时代。殿中，花环、角形花果篮[8]、流苏、花瓶、雕像、金漆比比皆是。正中放着一张极大的碧玉仙桌，金银镶嵌，上面放满烛台、水晶器皿、金银餐具和珍馐美馔。桌旁围坐着肥胖颟顸的人间幸福，他们大吃大喝，叫嚷唱歌，手舞足蹈，抑或趴倒和酣睡在野味、珍奇水果、翻倒的壶瓮之间。个个大腹便便，虚胖红脸，穿的是丝绒锦缎，戴的是珠宝首饰。

　　美丽的女奴不停地端上有彩绘的盘碟和冒着泡沫的饮料。以铜管乐为主的音乐十分庸俗、粗野，闹哄哄的。舞台上弥漫着重浊的红光。

　　蒂蒂尔、米蒂尔、狗、面包和糖有些胆怯地簇拥着光从右前边匆匆上场。猫一声不吭地径直向后台走去，掀开右边幽暗的帷幕，消失不见了。

蒂蒂尔　这些大胖先生又笑又闹，吃着那么多的好东西，都是些什么人哪？

光　　　这是肥胖臃肿的人间幸福，用肉眼也能看得见的幸福。青鸟有可能一时沉溺在他们中间，虽然这种可能性不大。所以你暂时不要旋转钻石，我们先按例从大殿的这一部分搜寻一下。

蒂蒂尔　可以走近他们吗？

光　　　当然可以。他们虽然很俗气，一般都缺乏教养，可是并不凶。

米蒂尔　他们的点心多好呀！……

狗　　　还有野味！红肠！羔羊腿！小牛肝！……（郑重）世界上没有比小牛肝更好、更美、更有价值的东西了！……

面　包　除了白面粉做的四磅面包！他们的面包多好呀！……真漂亮！真漂亮！比我发得还大！……

糖　　　对不起，对不起，一千个对不起……让我说，让我说……我不想冒犯任何人，但你们不要忘了甜食糖果，这一桌的光荣全属于他们。我敢说，他们的流光溢彩蔚为奇观，超过了这个大殿里的一切，或许也超过了其他地方的一切……

蒂蒂尔　他们多高兴、多快乐！……他们又是叫，又是笑，又是唱！……我想，他们看见我们了……

一打最肥胖的幸福确实站了起来，捧着肚子，步履艰难地向孩子们这一群走来。

光　别害怕，他们很好客……兴许他们是来邀请你入席呢……你别接受，什么也不要接受，免得忘掉了你的使命……

蒂蒂尔　什么？连一小块点心也不能接受？点心看起来那么好，那么新鲜，铺了一层亮晶晶的糖，里面有好多蜜饯，奶油都流出来了！……

光　点心很危险，会毁掉你的意志。要完成任务，就得做出一些牺牲。你要有礼貌地但坚定地拒绝。他们来了！……

最肥胖的幸福　（向蒂蒂尔伸出手）你好，蒂蒂尔！……

蒂蒂尔　（惊讶地）您怎么认识我？……您是谁？……

最肥胖的幸福　我是最肥胖的幸福，名叫有钱幸福，我代表我的兄弟们来请您和您的全家光临我们不散的筵席。您可以跟人间真正肥胖的幸福同席。请允许我向您介绍他们当中最重要的几位。这是我的女婿私有幸福，他的肚子像只梨。这是满足虚荣心幸福，他的脸虽然虚胖，却很可爱。（满足虚荣心幸福以保护者的神态鞠躬致意）这是不渴而饮幸福和不饥而食幸福，他们俩是孪生兄弟，腿是用通心粉做的。（他们俩站立不稳地鞠躬致意）这是一无所知幸福，聋得像木头一样；还有毫不理解幸福，像鼹鼠一样是盲的。这是一无所为幸福和睡眠过度幸福，他们的手是面包屑形成的，眼睛是蜜桃果子冻做的。最后，这是笑胖子，他的嘴巴一直咧开到耳朵，他总是忍不住想笑……

笑胖子笑成一团地鞠躬致意。

蒂蒂尔 （指着站在一旁的一个胖子幸福）那个不敢走过来，背对着我们的是谁？……

最肥胖的幸福 别在意，他有点儿腼腆，不好意思见孩子们……（拉住蒂蒂尔的手）您来吧！又开宴了……从清早到现在，这是第十二次。就等着您了……您听到所有的客人都在大声喊着，要求您入席吗？……我不能给您一一介绍，他们人太多了……（把手臂伸给两个孩子）让我领你们到上宾席去……

蒂蒂尔 多谢了，大胖子幸福先生……我非常抱歉……眼下我不能去……我们有急事，要去找青鸟。对了，您知道不知道青鸟藏在哪儿？

最肥胖的幸福　　青鸟吗？……等一等……对了，对了，我想起来了……以前有人对我说起过……我想，这鸟不好入食……总之，从来没有上过我们的桌面……就是说，我们对这种鸟不以为然……你们用不着花力气去找，比这更好的东西我们有的是……你们来过过我们的生活，看看我们所做的事……

蒂蒂尔　　你们做什么事？

最肥胖的幸福　　我们一刻不停地所从事的，就是什么也不干……我们没有一刻是休息的……必须吃、喝、睡，这非常费心思……

蒂蒂尔　　这样开心吗？

最肥胖的幸福　　开心……也只能这样，因为世界上没有别的事了……

光　　真是这样吗？……

最肥胖的幸福　　（指着光低声对蒂蒂尔）这个没有教养的姑娘是谁？……

　　在这段时间里，一群次一等的胖子幸福在迎接狗、糖和面包，拖他们入席。蒂蒂尔突然发觉他们同主人一起亲热地入了席，大吃大喝，手舞足蹈。

蒂蒂尔　　你瞧，光！……他们吃上了！……

光　　把他们叫回来！否则后果不堪设想！……

蒂蒂尔　蒂洛！……蒂洛！到这儿来！……赶快回来，听见没有？……你们，那边的糖和面包，谁允许你们离开我的？……没有许可，你们到那儿干什么？……

面　包　（口里塞满东西）你对我们说话不会客气点儿吗？……

蒂蒂尔　怎么？面包对我不用尊称？……你怎么变成这样？你呢，蒂洛，你就是这样服从的吗？快点儿，回来跪下，跪下！……快点儿！……

狗　　　（在桌子一头小声说）我呀，我一吃上了，就谁也顾不上，什么也听不见了……

糖　　　（甜蜜蜜）请原谅，我们要是马上离开，就要得罪这样可爱的主人……

最肥胖的幸福　你们瞧！……他们给你们做出了榜样……来吧，大家都在等着你们呢……你们要是拒绝，我们可不答应……那就得生拉硬拽了……来呀，诸位胖子幸福，来帮帮我！……把他们硬推到席上去，让他们身不由己地快乐快乐！……

　　所有的胖子幸福，一面快乐地叫嚷着，一面手舞足蹈，拖走了两个孩子。他们俩挣扎着，而笑胖子用力地抱住了光的腰肢。

光　　　转动钻石，是时候了！

蒂蒂尔转动了钻石。霎时，舞台大亮，光线柔和得难以描述，具有神妙的玫瑰色，异常和谐、轻灵。前台那些粗拙的装饰和厚实的红色帷幔散开并消失了，现出一个神话般幽美宁静的花园和一座浓荫掩映、景致和谐的宫殿。园中花香清新醉人，泉水四处喷射而出，潺湲之声可闻，散发着清凉喜人的气息，这种极乐的境界似乎远至天际。宴席散去，不留痕迹。那些胖子幸福身穿的丝绒锦缎和头上戴的花冠，在刮入舞台的带闪光的劲风中飘拂而起，被撕裂成碎片，落到地上，而他们笑吟吟的假面具也落到脚边，露出了惊慌的脸色。他们像破裂的气泡一样，眼看着萎缩下去。大家面面相觑，在不习惯的光线刺激下眨巴着眼睛，终于互相看到了赤裸裸的本相——面目丑陋，皮肉松弛，神情凄惨，于是羞惭和惶悚得喊叫起来，其中以笑胖子的叫声最高，最清晰可辨。唯独毫不理解幸福全然平静，其余的胖子幸福激动异常，企图奔逃，躲藏到角落里去，只嫌角落里不够黑暗。可是明晃晃的花园哪儿都没有阴影。因此大多数幸福实在无奈，都决意要越过右边角落封闭着不幸之洞的那道咄咄逼人的帷幕。每当他们之中的一个在慌乱中掀起这帷幕的一角，从岩洞中就传出一阵阵恶骂诅咒。至于狗、面包和糖，都垂头丧气地回到了孩子们那里，羞愧难当地躲到他们背后。

蒂蒂尔 （瞧着那些胖子幸福奔逃）天哪，他们多丑！……他们要跑到哪儿去？……

光 说实在的，我想他们是头脑错乱了……他们要躲到不幸那里去，我真担心他们要永远留在那儿……

蒂蒂尔 （环顾四周，惊奇）噢！多美的花园，多美的花园！……我们在哪儿？……

光 我们没有变换地方，是你的眼睛变换了看的角度……我们如今看到了事物的真相。在钻石之光的照耀下，我们会看到各种幸福的灵魂。

蒂蒂尔 多美呀！……天气多好呀！……就像在仲夏一样……听！好像有人走近，要找我们来了……

花园里果真显现出许多天使的身形，他们仿佛久睡初醒，悠然地绕行于树木之间。他们身穿光闪闪的长袍，色调细腻柔和，宛如玫瑰之乍醒，水波之微笑，黎明的苍穹，琥珀般的露珠……

光 看，有几个可爱的、有好奇心的幸福过来了，他们会告诉我们……

蒂蒂尔 你认识他们吗？……

光 是呀，我都认识。我常到他们那儿，但他们不知道我是谁……

蒂蒂尔　他们人真多，他们人真多！……从四面八方来了！……
光　　　过去他们还要多。那些肥胖的幸福害死了他们中的不少。
蒂蒂尔　说实在的，还留下不少呢……
光　　　待到钻石的魔力散布到花园，你还会看到更多的幸福。世界上的幸福比人们所想象的要多得多，只不过大多数人发现不了而已……
蒂蒂尔　瞧，有几个小的过来了，我们去迎接他们吧……
光　　　用不着，同我们有关的都会打这儿经过。我们没有时间去认识其他的……

　　　　一群小不点儿幸福蹦蹦跳跳，笑声朗朗，从绿树丛中奔跑而出，围着孩子们绕圈跳舞。

蒂蒂尔　他们多漂亮，多漂亮！……他们打哪儿来？他们是谁？……
光　　　这是儿童幸福……
蒂蒂尔　可以跟他们说话吗？……
光　　　说也没用。他们会唱、会跳、会叫，但他们还不会说话……
蒂蒂尔　（跳跃着）你们好！你们好！……噢！那个胖乎乎的在笑呢！……他们的脸色多红润，他们的袍子多漂亮！……他们都很有钱吗？……

光　　　不,这儿同别处都一样,穷的比富的要多得多……
蒂蒂尔　穷的是哪些?……
光　　　分不清……凡是儿童幸福,总是穿着天地间最漂亮的衣服。
蒂蒂尔　(按捺不住)我真想同他们一起跳舞……
光　　　绝对不行,我们没有时间……我已经看出他们没有青鸟……再说,他们很忙,你瞧,他们都已经走了……他们也没有时间磨蹭,因为童年是很短暂的……

　　　　另一群幸福比前面的稍大,奔向花园,高声唱着:"他们来了!他们来了!他们看见我们了!他们看见我们了!……"然后,他们围着两个孩子跳起欢快的民间集体舞,最后,有个像是带头的走向蒂蒂尔,对他伸出手。

幸　福　你好,蒂蒂尔!……
蒂蒂尔　又有一个认识我的!……(对光)哪儿都有人认识我……你是谁?……
幸　福　你没有认出我吗?……我敢打赌,在这儿的你一个也认不出……
蒂蒂尔　(尴尬)是认不出……我说不出来……我不记得见过你们……

幸　　福　你们听见了吗？……我早就料到了！……他从来没有见过我们！……（其他幸福都哄然大笑）我的小蒂蒂尔，我们正是你所认识的！……我们一直在你周围！……我们同你一起吃、喝、睡、呼吸和生活！……

蒂蒂尔　对，对，完全对，我知道了，我记起来了……不过，我想知道你们叫什么名字……

幸　　福　我很明白你什么都不知道……我是你家幸福的头儿，这些都是住在你家的其他幸福……

蒂蒂尔　我家里有很多幸福吗？……

　　　　　所有幸福都哄然大笑。

幸　　福　你们听他说些什么！……在你家是不是有很多幸福！……小可怜虫，你家里的幸福多得连门窗都要挤掉呢！……我们笑呀，唱呀，产生的快乐连墙都可以推倒，连屋顶都可以掀掉。可是我们白干了，你什么也没有看到，什么也没有听到……但愿你以后更清醒些……现在，你过来同最有名望的幸福握握手……你回家以后就可以更容易地认出他们……什么时候过上快乐的一天，到晚上你就可以用微笑鼓励一下他们，说句好话感谢他们，因为他们真是竭尽全力地使你生活得轻松愉快。让我先自我介绍一下，我是服侍你的健康幸福……我虽然不是最漂亮的，但最重要。你认得我了吧？……这是新鲜空气幸福，他差不多是透明的……这是孝子幸福，他身穿灰衣，总是愁眉不展，因为别人从来不看他一眼……这是蓝天幸福，不用说，他穿蓝衣；还有森林幸福，不用说，他穿绿衣，你每次站在窗前都会看到他……这是日照时间幸福，他的衣服像钻石一样闪光；还有春天幸福，他穿艳丽的翡翠色服装……

蒂蒂尔　你们天天都穿得这样漂亮吗？……

幸　福　是呀，每一天，每一家，只要人们睁开眼睛，对我们来说都是星期天……夜晚来临时，日落幸福就出来了，他比世界上一切国王都要更俊些；接着而来的是观星出幸福，他金光闪闪的，像古代的天神……天气不好时，下雨幸福就出来了，他满身是珍珠；还有冬火幸福，他给冻僵的手张开他美丽的绛红大氅……我还没有说到最好的一个幸福，因为他几乎可以说是通体透明的欢乐的兄弟，你们一会儿就会看到这些欢乐的。他的名字叫作天真思想幸福，在我们当中，他的装束最明快……这儿还有……说真的，人太多了！……我们说也说不完，我应该先去给欢乐送个信，她们住在天上，靠近天国大门，她们还不知道你们来了……

我差赤脚踏露幸福去催她们，他最灵活敏捷了……（对赤脚踏露幸福，他蹦蹦跳跳地走上前来）你快去吧！……

这时，有一个穿黑色紧身衣的小魔鬼一面发出难以辨别的叫声，一面挤着过来。他走近蒂蒂尔，手脚并用，弹几下蒂蒂尔的鼻子，打几下蒂蒂尔的耳光，又踢了蒂蒂尔几脚。

蒂蒂尔 （呆住了，非常愤怒）这个野小鬼是谁？……

幸　福 哦！这是不能忍受的快意，他从不幸之洞溜出来了。不知道该把他关在哪里。他到哪儿都溜，连不幸也不能把他看住。

小魔鬼继续戏弄蒂蒂尔，蒂蒂尔徒然地想自卫。突然，小魔鬼爆发出一连串笑声，莫名其妙地消失了，就像来时一样突然。

蒂蒂尔 他这是怎么啦？他有点儿疯了吧？……

光 我也不知道。好像你不听话时也是这样的。趁这个时候，你该问问青鸟的事，或许你家幸福的头儿知道青鸟在哪儿……

蒂蒂尔 青鸟在哪儿？……

幸　福　他还不知道青鸟在哪儿！……

　　　　所有家庭幸福都哄然大笑。

蒂蒂尔　（生气）我就是不知道嘛……没有什么好笑的……

　　　　又爆出一阵笑声。

幸　福　得了，你别生气……我们也严肃一点儿……他不知道，有什么办法呢，他并不比大多数人更可笑……瞧，小赤脚踏露幸福通知过欢乐了，她们朝我们这边来了……

　　　　一些高挑美丽、天使形态的女子，穿着光闪闪的长裙，已经缓步走近。

蒂蒂尔　她们多美呀！……她们为什么不笑？……难道她们不快乐吗？……
光　　　并不是有笑容的人才是最快乐的人……
蒂蒂尔　她们是谁？……
幸　福　就是欢乐……
蒂蒂尔　你知道她们的全名吗？……
幸　福　那还用说，我们常常同她们一起玩儿……最前面那个是正义欢乐，每当不义得到纠正，她就会微笑——我太年轻，还没有看到过她微笑；她后边是善良欢乐，她最幸运，但也最忧愁，她很爱去安慰不幸，别人很难阻止她；右边那个是工作完成欢乐，她的旁边是思想欢乐；再后面是理解欢乐，她总在寻找自己的兄弟毫不理解幸福……

蒂蒂尔 我见过她的兄弟了！……他同那些胖子幸福到不幸那儿去了……

幸　福 我早就料到了！……他学坏了，结交坏朋友使他完全堕落了……可不要对他的姐妹说起这些。她要是去寻找他，我们就会失去一个最美的欢乐了……这里还有审美欢乐，她每天都要给这明媚的花园增添几缕光线……

蒂蒂尔 还有那儿，老远老远，在闪着金光的云彩里，我踮起脚尖，挺起身子，好不容易才看到的那一个呢？……

幸　福 那是爱的欢乐……你怎么看也没有用，你人太小，看不到她整个人……

蒂蒂尔 还有那边，在最后面，蒙着面纱，不肯走近的那些人呢？……

幸　福 那是人类还不曾认识的欢乐……

蒂蒂尔 其他这些人对我们怎么这样？……干吗要躲在一边？……

幸　福 有一个新的欢乐要来了，说不定她是我们这儿最纯

　　　　　粹的一个……

蒂蒂尔　她是谁？……

幸　福　你还不认识她吗？……好好瞧瞧，睁开你的眼睛，看到你灵魂的最深处！……她看见你了，她看见你了！……她张开手臂迎着你跑来了！……她是你母亲的欢乐，无与伦比的母爱欢乐！……

　　　　　其他欢乐向她欢呼，从四面八方跑来，又从她面前悄然退走。

母　爱　蒂蒂尔，还有米蒂尔！……怎么，是你们，我在这儿会遇到你们！……真料想不到！……我在家里很孤单，瞧你们俩一直爬到天上了，在这儿，一切母亲的灵魂都在欢乐中闪出光芒！……先来亲亲，亲个够！……我搂着你们俩，世界上没有什么比这更幸福的了！……蒂蒂尔，你怎么不笑？……米蒂尔，你怎么也不笑？……你们不认得你们的母亲对你们的爱了吗？……好好瞧瞧我，这不是我的眼睛、我的嘴唇和我的手臂吗？……

蒂蒂尔　是的。我认出来了，不过以前我不知道……你很像妈妈，可你要漂亮得多……

母　爱　当然啰，我呀，我不会变老……在这儿每过一天，就给我增添一分力量、青春和幸福……你每微笑一次，我就年轻一岁……在家里，这是看不到的，但在这儿，什么都看得见，这倒是真的……

蒂蒂尔　（感到惊讶，注视她，又亲吻她）这条漂亮的裙子是用什么做的？……是绸缎做的、银做的，还是珍珠做的？……

母　爱　都不是，是亲吻、注视、抚摸做的……每给一个吻，就在上面增加一缕月光或日光……

蒂蒂尔　这真逗，我从来没想到你这样有钱……你把裙子藏在哪儿？是不是放在爸爸拿着钥匙的那个大柜子里？……

母　爱　不是，我一直穿在身上，只不过别人看不出来罢了，因为闭着的眼睛是什么也瞧不见的……凡是母亲，只要爱她们的孩子，就是有钱人……母亲没有穷的、丑的和老的……她们的爱总是欢乐当中最美的……每当她们显出忧郁的样子，只要她们得到一个亲吻，或者她们给人亲吻，那么所有的泪珠在她们的眼底都会变成星星……

蒂蒂尔　（惊奇地瞧着她）是呀，真的，你的眼睛里满是星星……这真是你的眼睛，不过要漂亮得多……这也是你的手，戴着小戒指……甚至那天晚上你点灯时烧伤的疤也还在……不过这只手要白得多，皮肤也真细呀！……仿佛手上会放出光来……这只手不像在家那样要干活儿吧？……

母　爱　就是同一只手。你难道没有看到，这只手一抚摸你就会变白和放光吗？……

蒂蒂尔　真奇怪，妈妈，这真是你的声音，不过你的声音比在家好听多了……

母　爱　在家事儿太多，没有闲工夫……不过没有说出来的话，同样可以意会……现在你看见过我了，明天你回到家里的时候，我穿着破裙子，你还会认得我吗？……

蒂蒂尔　我不想回家……既然你在这儿，我也想待在这儿，只要你在，我也在……

母　爱　可是，这是一码事，我就住在人间，我们都住在人间……你到这儿来，无非是要了解和学会你在下界看到我时该怎么看待我……你明白吗，我的蒂蒂尔？……你以为现在是在天国，其实凡是我们抱吻的地方都是天国……不会有两个母亲，你不会有别的母亲……每个孩子都只有一个母亲，总是那一个，总是最美的，不过必须认识她，懂得怎么看待她……你怎么会跑到这儿来的，这条路自从人类居住在地球上就一直在寻找，你是怎样找到的？……

蒂蒂尔　（指着光，光出于谨慎，躲在一边）是她带我来的……
母　爱　她是谁？……
蒂蒂尔　是光呀……

母　爱　我从来没见过她……我听说光很喜欢你们俩，她很和气……可是她干吗要躲在一边？……总不肯露出她的脸？……

蒂蒂尔　她担心幸福看到她觉得太亮，会惊慌害怕……

母　爱　她居然不知道我们在等待着她！……（招呼其他欢乐）过来，过来，我的姐妹们！过来，都跑过来，光终于来看望我们了！……

　　　　围拢来的欢乐起了一阵骚动，纷纷喊着："光在这儿！……是光，是光！……"

理解欢乐　（挤开众人，上前拥抱光）您原来是光，我们还不知道呢！……我们等您等了多少年啊！……您还认得我吗？……理解欢乐找您找了多久呀！……我们都很快乐，可是我们看不到我们自身以外的东西……

正义欢乐　（接着拥抱光）您还认得我吗？……正义欢乐盼望您来盼望了多久呀！……我们都很快乐，可是我们看不到我们影子以外的东西……

审美欢乐　（也拥抱光）您还认得我吗？……审美欢乐爱您爱得多深沉哪……我们都很快乐，可是我们看不到我们梦幻以外的东西……

理解欢乐　您瞧，您瞧，我的好姐姐，您别让我们再等待了……我们都够坚强，都够纯粹了……拉开这面纱，让我们看看最后的真理和最后的幸福吧……您瞧，我所有的姐妹都跪在您的脚下……您是我们的女王，给我们应得的奖赏吧……

光　　（拉紧面纱）姐妹们，我美丽的姐妹们，我听从我主人的吩咐……这一时刻还没有来到，也许不久这一刻的钟声就会敲响，那时，我会毫无顾虑、不加遮掩地回到你们这儿……再见了，你们起来吧，让我们像久别重逢的姐妹一样拥抱，那一天不久就会来到……

母　爱　（拥抱光）您待我那两个可怜的孩子可真好呀……

光　　那些相亲相爱的人，我都会待他们好……

理解欢乐　（走近光）最后吻一吻我的额角吧……

　　　　光和理解欢乐长时间地拥抱，分开后抬起头来，只见她们都泪水盈眶。

蒂蒂尔　（惊讶）你们干吗哭鼻子？……（环视其他欢乐）瞧！你们也哭鼻子了……怎么人人眼里都满是眼泪？……

光　　别再说了，我的孩子……

　　　　幕落。

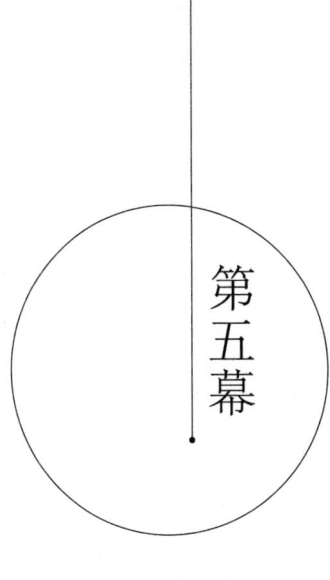

第五幕

第十场　未来王国

　　蓝天之宫的几座大殿，即将出生的婴儿都在这儿等待着。望不到头的碧玉圆柱支撑着绿松石的穹顶。这儿的一切，从光线和青石板到背景处那些星星点点的最远的拱门和最细小的物件，都呈现出一种虚幻的、有仙境意味的深青色。只有柱头、柱座、拱心石、几张座椅和几条圆形长凳是白大理石或纯白石的。右边柱间有几扇乳白色大门。这一幕的结尾，时间将推开这些大门，大门面向现实生活和曙光码头。一群身穿青色长袍的孩子均匀地分散在大殿中。有的在玩耍，有的在散步，有的在交谈，有的在沉思，有不少孩子睡着了，也有不少在柱间埋头于未来的发明。他们制造的工具、器械和仪器，他们培植的植物、花卉和采集的果实，也同这座宫殿的整体气氛一样，具有异乎寻常的、闪光的青色。在身穿有点透明的淡青色衣服的孩子们中间，来回走动着好些身材修长、神情安宁、容貌绝美的女子，看来这些就是天使。

蒂蒂尔、米蒂尔和光自左边悄悄地上场，溜到前台的柱子间。他们的到来在青衣孩子们中间引起一阵骚动，一会儿，青衣孩子从各处跑来，围住这些不速之客，好奇地端详着他们。

蒂蒂尔　糖、猫和面包到哪儿去啦？……

光　他们不能进来，他们知道未来以后，就不会服从了……

蒂蒂尔　那么狗呢？……

光　让他知道在未来的岁月等待他的命运，那也不好……我已将他们都关在教堂的地下室里……

蒂蒂尔　我们这是在哪儿？……

光　是在未来王国，在这些还没有出生的孩子们中间。既然钻石能让我们在这儿看清楚一般人看不到的东西，兴许我们在这儿能找到青鸟呢……

蒂蒂尔　这儿什么都是青色的，鸟儿不用说也是青色的了……（环顾四周）天哪！这一切多美呀！……

光　瞧，这些孩子都跑过来了……

蒂蒂尔　他们生气了吗？……

光　不是……你好好看看，他们笑吟吟的，但他们感到吃惊……

青衣孩子 （越来越多）活在世上的小孩子……来看活在世上的小孩子啊！……

蒂蒂尔 他们为什么管我们叫"活在世上的小孩子"？……

光 因为他们还没有被生出来……

蒂蒂尔 那么他们现在在干什么？……

光 他们在等待着出生的那一刻到来……

蒂蒂尔 出生那一刻的到来？……

光 不错，所有的孩子都是从这儿出生到地球上的。每个孩子都在等着他的出生日……凡是父母想要孩子了，你看见的右边的那些大门便会打开，婴儿就从那儿下去……

蒂蒂尔 孩子真多！孩子真多！……

光 还多着呢……不能都看到……你想，到世界末日的时候，该要出生多少孩子……谁也数不清……

蒂蒂尔 这些青衣女人又是谁？……

光 不清楚……大概是守护的人……据说她们要在人类之后降生……可我们是不被允许去问她们的……

蒂蒂尔 为什么？……

光 因为这是地球的秘密……

蒂蒂尔 那么这些孩子呢？我可以跟他们说话吗？……

光 当然可以，应该认识认识他们……瞧，那个孩子最好奇……你过去跟他说话吧……

蒂蒂尔　该对他说什么呢？……

光　　　说什么都行，就像对一个小朋友那样说话……

蒂蒂尔　可以跟他握手吗？

光　　　当然可以，他不会伤害你的……嗨，不要这样不自然……我可以走开，这样你们会更随便一些……我也要同那位青衣女人谈谈……

蒂蒂尔　（走近那个青衣小孩，对他伸出手去）你好！……（用手指去摸孩子的青衣）这是什么？……

青衣小孩　（一本正经地用手去摸蒂蒂尔的帽子）这个呢？……

蒂蒂尔　这个吗？……这是我的帽子……你没有帽子吗？……

青衣小孩　没有。这是干吗的？……

蒂蒂尔　这是拿来说"你好"用的……还有拿来防冷的……

青衣小孩　冷是什么？

蒂蒂尔　就是像这样"咯咯"发抖的时候……还有就是要朝手上呵气，手臂要这样屈起的时候……

　　　　他使劲儿屈起手臂。

青衣小孩　在地球上冷吗？……

蒂蒂尔　冷呀。例如，冬天没有生火时……

青衣小孩　为什么不生火？……

蒂蒂尔　因为生不起火，要花钱去买木柴的……

青衣小孩　钱是什么？

蒂蒂尔　是用来买东西的……

青衣小孩　哦！……

蒂蒂尔　有的人有钱，有的人一点儿钱也没有……

青衣小孩　为什么？……

蒂蒂尔　因为他们不是富人……你是有钱人吗？……你几岁？……

青衣小孩　我不久就要出世了……要过十二年以后……出世好不好？……

蒂蒂尔　噢，好！……可有意思了！……

青衣小孩　你是怎么生出来的？……

蒂蒂尔　我记不起来了……过去这么长时间了！……

青衣小孩　听说地球和世上的人都美极了！……

蒂蒂尔　是的，并不差……有鸟儿、点心、玩具……有的人这三样都有，而那些没有的人只能干瞧着别人……

青衣小孩　我们听说，做母亲的都等在门口……母亲都很善良，是真的吗？

蒂蒂尔　噢，是真的！……母亲比什么都好！……奶奶也是这样，但她们都死得太快了……

青衣小孩　她们是会死的吗？……死是什么？……

蒂蒂尔　有一天晚上她们走了，从此再不回来了……

青衣小孩　为什么？……

蒂蒂尔　谁知道呢？……也许她们太忧愁……

青衣小孩　你的那位也走了吗？……

蒂蒂尔 我的奶奶吗？……

青衣小孩 你的妈妈或者奶奶，我怎么知道？……

蒂蒂尔 嘿，那可不一样！……奶奶先去，这就够伤心的了……我的奶奶真好……

青衣小孩 你的眼睛怎么啦？……怎么会滚出珍珠来呢？……

蒂蒂尔 不，这不是珍珠……

青衣小孩 那么是什么呢？……

蒂蒂尔 没有什么，是这些青色弄得我的眼睛有点儿难受……

青衣小孩 这个叫什么？……

蒂蒂尔 什么东西？……

青衣小孩 （指着眼泪）喏，那往下掉的……

蒂蒂尔 没有什么，是一点儿水……

青衣小孩 是从眼睛里出来的吗？……

蒂蒂尔 是的，有时，哭的时候……

青衣小孩 什么是哭？

蒂蒂尔 我呀，我没有哭，都是这青色不好……只是我要哭的话，也就是这个样儿的……

青衣小孩 人常常哭吗？……

蒂蒂尔 男孩子不常哭，女孩子老爱哭……这儿的人都不哭吗？……

青衣小孩 不哭，我不知道怎么哭……

蒂蒂尔 嗨，你会学会的……你身上这些青色的大翅膀，用来做什么游戏？……

青衣小孩 你说这个吗？……这是我到地球以后要发明的玩意儿……

蒂蒂尔 什么发明？……你发明过什么吗？……

青衣小孩 发明过，你不知道吗？……我到地球以后，一定要发明一样使人幸福的东西……

蒂蒂尔 是好吃的东西吗？……是会发出响声的吗？……

青衣小孩 不，什么声音也听不到……

蒂蒂尔 那就可惜了……

青衣小孩 我每天都在搞……差不多快完成了……你想看看吗？……

蒂蒂尔 那还用说……放在哪儿？……

青衣小孩 那边，从这里就可以看到，在那两根柱子中间的地方……

第二个青衣小孩 （走近蒂蒂尔，拉他的袖子）你说，你想看看我的发明吗？……

蒂蒂尔 想呀，是什么？……

第二个青衣小孩 是三十六种延年药……喏，装在青色的瓶子里……

第三个青衣小孩 （从人群中出来）我呀，我带来一种没有人知道的光！……（他全身发亮，燃着奇异的火焰）这很稀奇，对不对？……

第四个青衣小孩 （拉蒂蒂尔的手臂）你来看看我的机器，像没翅膀的鸟儿，会在空中飞翔！……

第五个青衣小孩　不行，不行，先来看看我的，它可以发现埋藏在月亮里的宝藏！……

众青衣小孩纷纷围住蒂蒂尔和米蒂尔，一齐嚷嚷："不行，不行，你来看看我的！……不行，我的更好看！……我的会令人吃惊！……我的全是糖做的！……他的没有意思……他剽窃了我的想法！……"在这纷乱的叫喊声中，这两个活在世上的孩子被拖往一片青色的车间。在那儿，每个发明家都开动了自己理想中的机器。于是一片灰青色的机轮、机盘、飞轮、齿轮、滑轮、皮带，还有古怪的、尚无名字的零件，纷纷旋转起来，笼罩在淡青色的虚幻的烟雾中。一群奇异神秘的机械制品凌空而起，翱翔于穹顶之下，有的机器则匍匐于柱子脚下。那些青衣小孩纷纷打开地图和设计方案，翻开书本，揭开青色雕像的幕布，捧来巨大的花卉和水果，仿佛是由蓝宝石和绿松石做成的。

一个青衣小孩　（背着巨大的青雏菊，弯着身子）看看我的花儿吧！……
蒂蒂尔　这是什么？……我认不出来……
青衣小孩　这是雏菊！……
蒂蒂尔　不可能！……它们大得像车轮一样……

青衣小孩　多么香啊！……

蒂蒂尔　（闻花）真是怪事！……

青衣小孩　我到地球去的时候，雏菊就会长成这么大……

蒂蒂尔　那是什么时候？……

青衣小孩　再过五十三年四个月零九天……

又过来两个青衣小孩，每人扛着一串大得不像真的的葡萄，好比大吊灯挂在一根竹竿上一样，每颗葡萄比梨还大。

扛葡萄的青衣小孩　你看我的水果是什么？……

蒂蒂尔　一大串梨！……

扛葡萄的青衣小孩　不是，这是葡萄！……等我到三十岁时，葡萄就像这个样儿……我已经找到了培植方法……

另一个青衣小孩　（吃力地挎着一大篮大得像西瓜的青苹果）我来了！……看看我的苹果！……

蒂蒂尔　可这是西瓜呀！……

挎苹果篮子的青衣小孩　不是！……这是苹果，而且还不算是最好的！……我在世上的时候，苹果都会长这么大……我找到了这个种子！……

另一个青衣小孩　（推着一辆青色手推车，里面装着比南瓜还大的青甜瓜）我的小甜瓜怎么样？……

蒂蒂尔　可这是南瓜呀！……

推甜瓜小车的青衣小孩　我来到人世时，甜瓜都是这么大！……我将来是九大行星国王的园丁……

蒂蒂尔　九大行星国王？……他在哪儿？……

九大行星国王　（傲然向前，看上去只有四岁，弯弯的小腿得很费劲儿才能站稳）在这儿！

蒂蒂尔　嗨！你个子不高……

九大行星国王　（严肃地，像说格言）我将来所做的事必然伟大。

蒂蒂尔　你将来要做什么？

九大行星国王　我要建立太阳系行星总联邦。

蒂蒂尔　（愣住）啊，当真？

九大行星国王　所有行星都属于这个联邦，除了土星、天王星和海王星，这三个行星距离太远，远得无法到达。

　　他大模大样地走了。

蒂蒂尔　他真有趣……

一个青衣小孩　你瞧见那一位了吗？

蒂蒂尔　是哪一位？

那小孩　在那儿，就睡在柱子脚下……

蒂蒂尔　他怎么啦？

那小孩　是他把真正的欢乐带到地球上……

蒂蒂尔　怎么带的呢？……

那小孩　通过人们还没有过的思想带去的……

蒂蒂尔　还有那个呢,就是挖鼻子的那个小胖子,他将来要干什么?……

那小孩　等到太阳暗淡下去的时候,他就会找到一种火,使地球又能暖和起来……

蒂蒂尔　那两个一直手拉着手,老抱住接吻的,是兄妹俩吗?……

那小孩　不是,他们真可笑……这是一对情人……

蒂蒂尔　什么是情人?……

那小孩　我也不知道……时间取笑他们,才这样管他们叫情人的……他们整天互相看个没完,嘴上说着再见,却老是抱着接吻……

蒂蒂尔　干吗说再见?

那小孩　好像是他们俩不能一块儿走……

蒂蒂尔　那个脸蛋红艳艳的小孩看样子在一本正经地吮吸大拇指,他会怎样?……

那小孩　好像他该消除地球上的不义……

蒂蒂尔　是吗?……

那小孩　据说这是一件了不起的工作……

蒂蒂尔　那个小孩走路像蝙蝠似的,好像看不见东西。他是盲了吗?……

那小孩　还没有盲,不过他要变盲的……你仔细瞧瞧他,好像该是他战胜死神……

蒂蒂尔　你的话是什么意思?……

那小孩　我也不大明白,据说这是件大事……

蒂蒂尔　(指着一群睡在柱子脚下、台阶上和凳子上的小孩)所有这些睡觉的呢——睡觉的孩子真多!……他们什么事也不做吗?……

那小孩　他们在思索……

蒂蒂尔　思索什么?……

那小孩　他们还不知道思索什么,不过他们一定得带样东西到地球上去,这儿是禁止空着手走的……

蒂蒂尔　是谁禁止的?……

那小孩　是时间,他就站在门口……他打开门的时候你就会看见的……他非常固执……

一个小孩　(从大殿尽头跑过来,拨开人群)你好,蒂蒂尔!……

蒂蒂尔　嗨!……你怎么知道我的名字?……

这小孩　(就是跑过来的那一个,他热烈地抱吻蒂蒂尔和米蒂尔)你好!……身体好吗?……来,拥抱我呀,米蒂尔,你也来拥抱我!……我知道你的名字并不奇怪,因为我将来是你的弟弟……有人刚刚告诉我你在这儿……我在大殿的那一头,正在整理我的思想……告诉妈妈,我已经准备好了……

蒂蒂尔　怎么?……你打算到我们家?

这小孩　是的,就在明年过棕榈节[9]的那个礼拜天……我小的时候你们可别太欺负我……我非常高兴能先抱吻你们……告诉爸爸,把摇篮修好……我们家里好吗?……

蒂蒂尔　不算坏……妈妈可好了！……

这小孩　吃的呢？……

蒂蒂尔　那要看情况……有时候甚至会有点心，不假吧，米蒂尔？……

米蒂尔　要在元旦和七月十四日……是妈妈亲手做的点心……

蒂蒂尔　你的口袋里装着什么？……你会带些东西给我们吧？……

这小孩　（非常自豪）我带来三种病：猩红热、百日咳和麻疹……

蒂蒂尔　啊！都是这些！……再往后你要干什么呢？……

这小孩　往后吗？……我就要走了……

蒂蒂尔　那还值得来吗？……

这小孩　能由自己选择吗？……

　　这时，传来一阵连续不断的、有力的、清脆的震动声，仿佛是从柱间和乳白色的大门那儿发出的。一道更强烈的光照射在柱子和大门上。

蒂蒂尔　怎么回事？……

一个青衣小孩　那是时间！……他快要开门了！……

　　那些青衣小孩立即起了一阵骚动。大多数都离开了自己的机器和工作，许多睡着的也醒过来，眼睛都盯着那些乳白色的大门，纷纷走到门前。

光　　　我们快躲到柱子后面去吧……不能让时间看到我们……

蒂蒂尔　这声音从哪儿发出来的？……

一个小孩　是曙光起床了……那些在今天出生的孩子下到地球上的时刻到来了……

蒂蒂尔　他们怎么下到地球上？……有梯子吗？……

那小孩　你就会看到的……时间在抽门闩了……

蒂蒂尔　时间是什么人？……

那小孩　是个老公公，他来把要走的人叫去……

蒂蒂尔　他凶吗？……

那小孩　不凶，可是他什么也听不进去……再恳求也没有用，他把那些轮不到走却想走的人都推开……

蒂蒂尔　人人都高兴走吗？

那小孩　留下才难受呢！不过走时又觉得难过……瞧！瞧！……他开门了！……

　　　那些乳白色的大门响着铰链声，慢慢地打开了。门那边传来地球上的喧嚣声，仿佛远方的音乐。一道红绿光射进大殿。时间出现在门槛上，这是一个高个儿老人，胡须飘拂，手持镰刀和沙漏。可以望见曙光的玫瑰色云雾形成的码头，停泊着的染上金光的帆船的白帆顶端。

时　　间　（站在门口）出生时间到了的人都准备好了吗？……

一部分青衣小孩　（挤开人群,从四面八方跑来）我们来了！……我们来了！……我们来了！……

时　　间　（对排列成行准备出去的孩子厉声说）一个挨一个！……排队的又多出要走的了！……迟早都是一样的嘛！……谁也骗不过我！……（推开一个小孩）还轮不到你！……回去吧，你是明天……你也不是，回去吧，过十年再来……要做第十三个牧童？……只需要十二个，再多不要了，现在不是忒奥克里托斯[10]或维吉尔[11]的时代……还要当医生？……已经太多了，地球上在抱怨不迭……工程师在哪儿？……需要一个正直的人，只需要一个，就像个奇迹一样……正直的人在哪儿？……是你呀？……（那小孩点点头）我看你太瘦弱了……你会活不长的！……嗨，你们这些孩子，那边的，别走得太快！……你呀，你带着什么？……什么也没有？两手空空？……那不能过去……要准备好一样东西，大罪也行，疾病也行，随你的便，我呀，我无所谓……但总得有样东西……（注意到有个孩子，其他小孩都在推他向前，他却竭力往后退缩）喂，你呀，你怎么啦？……你要明白，你出生的时间到了……人们需要一个同不义做斗争的英雄，这个人就是你，你必须走……

众青衣小孩 他不想走，先生……

时　　间 怎么？……他不想走？……这个发育不全的小不点儿想要怎样？……别再啰唆了，我们没有时间……

被推着走的孩子 不，不！……我不想走！……我宁愿不出生！……我更想待在这儿！……

时　　间 没有什么可说的了……你的时间到了，时间到了！……得了，快往前走！……

一个小孩 （走上前）啊！让我过去吧！……我来顶替他！……听说我的爸爸妈妈都老了，等我等了很久！……

时　　间 不行……丁是丁，卯是卯……要听你们的，就没完没了啦……这个想走，那个不想走，这个嫌太早，那个嫌太晚……（把几个想挤出去的小孩推开）别靠这么近，小家伙们……太好奇了，往后一点儿……不走的孩子，外面没有什么好看的……现在你们忙着要走，等轮到你们，又要害怕和后退了……瞧，这四个孩子抖得像树叶一样……（对一个就要跨出门槛，又突然往后缩的小孩）喂，怎么啦？……你是怎么回事？……

那小孩 我忘了带那只盒子，里面装着我要犯的两桩罪……

另一个小孩 我也忘了带那只小罐，里面搁着开导人们的思想……

第三个小孩 我忘了带我最好的梨树嫁接枝……

时　　间 你们快跑去拿来！……只剩下六百一十二秒了……

曙光之船已经扬起帆篷，表示等待着要出发……你们到得太迟，就再也不会出生了……来，快点儿，快上船！……（有个小孩想从他胯下钻到码头上去，被他一把抓住了）啊！是你，不行！……你想抢先出生，这已经是第三回了……别让我再逮住你，要不然，你就要到我的姐妹永恒那儿永远等待了。你知道，在那儿可要活受罪……得了，都准备好了吗？……都站好位置了吗？……（巡视集合在码头上以及已坐在船上的孩子）还缺一个……藏也没有用，我看到他在人堆里……别想骗过我……得了，你呀，大家管你叫情人的小家伙，同你心爱的人告别吧……

那两个被叫作情人的小孩深情地搂抱着，面庞因绝望而变得惨白，他们向时间走去，双双跪在他的脚边。

第一个情人　时间先生，让我同他一块儿走吧！……
第二个情人　时间先生，让我留下同她待在一起吧！……
时　间　不行！……我们只剩三百九十四秒了……
第二个情人　我宁愿不出生！……
时　间　这不能选择……
第一个情人　（哀求）时间先生，我走得太晚了！……

第二个情人　她出生的时候,我已经不在人世了!……

第一个情人　我再也看不到他了!……

第二个情人　我们俩将来都只能单独活在世上!……

时　　间　这一切我都管不着……去向生命求情吧……我呀,我只按吩咐结合和分离……(抓住第二个情人)快来!……

第二个情人　不,不,不!……她也去!……

第一个情人　(攥住第二个情人的衣服)让他留下!……让他留下!……

时　　间　得了,这又不是去死,是去投生呀!……(把第二个情人拖走)快走!……

第一个情人　(对被拖走的小孩发狂似的伸出双臂)留句话!……就留一句话!……告诉我,怎么才能再找到你!……

第二个情人　我会永远爱你!……

第一个情人　我将是最忧伤的人!……你会认出我来的!……

　　　　　她倒了下去,直挺挺地躺在地上。

时　　间　你们不如都抱着希望……现在都到齐了……(看沙漏)只剩六十三秒了……

　　　　　在要走的和留下来的孩子中间出现了热烈的互相靠拢的场面。大家纷纷道别:"再见,皮埃尔!……再见，让……""你的东西都带齐了吗？……把我的思想先透露出来！……""你没忘带什么东西吧？……""一定要认出我来呀！……""我会认出你的！……""没有忘掉你的思想吧？……""不要太往外探身！……""把你的情况告诉我呀！……""听说这办不到！……""办得到的，办得到的！……你一直试下去吧！……""想法子告诉我人世好不好！……""我会跟着去找你！……""我要投生在王位上！……"

时　间　（挥动着他的一串钥匙和镰刀）行了！行了！……起锚了！……

船帆开始移动，终于消失。船上孩子们的叫喊声越来越远："地球！……地球！……我看见地球了！……地球多美呀！……地球多明亮呀！……地球多大呀！……"然后，从遥远的地方传来期待的轻快歌声，仿佛发自深渊之底。

蒂蒂尔　（对光）这是什么声音？……不是小孩的歌声……好像是别的声音……
光　　　对，是母亲们迎接他们的歌声……

时间关上乳白色的大门。他回转身，向大殿瞥了

　　　　　最后一眼，骤然发现了蒂蒂尔、米蒂尔和光。

时　间　（惊讶，继而愤怒地）怎么回事？……你们在这儿干什么？……你们是什么人？……你们干吗不穿青衣？……你们是怎么进来的？……

　　　　　他说着，举起镰刀直逼过来。

光　　　（对蒂蒂尔）别理他！……我已经捉到青鸟了……就藏在我的披风底下……我们快走……转动钻石，他就找不到我们的踪迹了……

　　　　　他们三个穿过前台的柱子，从左边绕出去。
　　　　　幕落。

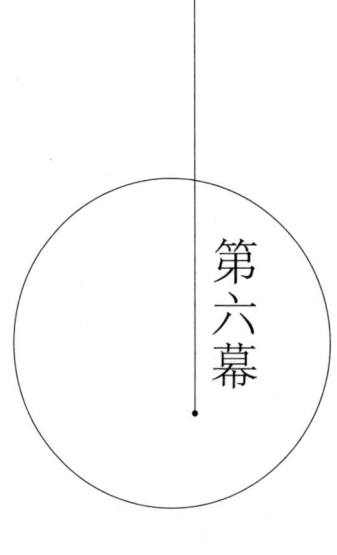

第六幕

第十一场　　告　别

　　　　　　台上设一堵墙，墙上开一扇小门。晨光熹微。
　　　　　　蒂蒂尔、米蒂尔、光、面包、糖、火和水上场。

光　　　　你一定猜不出我们到了什么地方……
蒂蒂尔　　当然猜不出，光，我确实不知道……
光　　　　你不认得这堵墙和这扇小门吗？……
蒂蒂尔　　这堵红墙和这扇小绿门……
光　　　　你想起什么了吗？……
蒂蒂尔　　这使我想起时间把我们赶了出来……
光　　　　做梦时真古怪……会连自己的手也认不出来……
蒂蒂尔　　谁做梦？……是我吗？……
光　　　　也许是我……谁知道？……不过，这堵墙围着一间屋子，你生下来以后看见过很多次了……
蒂蒂尔　　这间屋子我看见过很多次啦？……

光	是的,小家伙,你睡迷糊了!……有一天晚上,我们离开了这间屋,算起来正好是一年以前……
蒂蒂尔	正好是一年以前?……是在什么时候?……
光	别把眼睛睁得像宝石洞那样大……这就是你爸爸妈妈的家呀……
蒂蒂尔	(走近门)我相信是的……当真……我觉得像……这扇小门……我认得这个小门闩……他们在家吗?……我们已经接近妈妈了吗?……我想马上进去……我想马上跟她亲亲!……
光	等一下……他们正睡得香呢,不要惊醒他们……而且不到时候,这扇门是不会打开的……
蒂蒂尔	到什么时候?……要等很长时间吗?……
光	不用!……只要那么几分钟……
蒂蒂尔	回家你不高兴吗?……你怎么啦,光?……你脸色苍白,人家会说你病了。
光	没有什么,我的孩子……我有点儿难过,因为我要跟你们分手了……
蒂蒂尔	跟我们分手?……
光	不得不这样……我在这儿没有什么事了。一年过去了,仙女就要回来,向你要青鸟……
蒂蒂尔	可是我还没有得到青鸟呢!……思念之土那只鸟变黑了,未来王国那只鸟变红了,夜宫那些鸟全死了,我没有逮着森林里的那只鸟……这些鸟要么改变了

	颜色，要么死了，要么飞走了，难道是我的错吗？……仙女会恼火吗？她会说什么？……
光	我们已经尽力而为了……只能认为青鸟并不存在，或者是刚把它关在笼子里就会改变颜色……
蒂蒂尔	鸟笼放在哪儿啦？……
面　包	在这儿，主人……这次艰难的长途旅行，全靠我勤加照看。今天我的差事要了结了，我把笼门关得好好地、原封不动地交还到您手里，就像它被交给我时那样……（像一位演说家在演讲）现在，承蒙诸位好意，请允许我补充几句……
火	没有请他演讲啊！……
水	安静！……
面　包	一个卑鄙的仇敌、一个心怀嫉妒的对手，他恶意的打断……（提高声音）阻止不了我将义务履行到底……以诸位的名义……
火	不要用我的名义……我自己有舌头！……
面　包	以诸位的名义，并怀着真诚的、深深的、持久的激动，我要向上帝的两位小选民告辞了，他们崇高的使命在今天结束了。我怀着悲伤和依依不舍的心情同他们告别，这是一种互尊互敬的情感……
蒂蒂尔	怎么？……你要跟我们告别？……你也要跟我们分手？……
面　包	唉！不得不这样……我要同你们分手了，这是千

真万确的。不过这只是表面的分离，你们从此听不到我说话就是了……

火　　　那并不是什么不幸！……

水　　　别说话！……

面　包　（傲然地）这丝毫伤害不了我……我刚才说，你们从此听不到我说话了，你们将看不到我会活动了……你们的眼睛将看不见物体那隐秘的生命，但我总会在那儿，在面包箱里，在木板架上，在桌子上，在汤的旁边。我敢说，我是人最忠实的同席伙伴、最老的朋友……

火　　　那么我呢？……

光　　　得了，时间一分一秒地过去，我们恢复沉默状态的时刻就要来临……我们快点儿吻别孩子们吧……

火　　　（冲上前）我先来，我先来！……（热烈地抱吻两个孩子）再见，蒂蒂尔和米蒂尔！……再见，我亲爱的小家伙……你们需要让人生火时请想到我……

米蒂尔　哎！哎！……他烧着我了！……

蒂蒂尔　哎！哎！……他烫红了我的鼻子！……

光　　　得了，火，节制一下您的激情吧……您不是在同壁炉打交道……

水　　　真蠢！……

面　包　多没教养！……

水	（走近两个孩子）孩子们，我温柔地跟你们吻别，不会弄痛你们的……
火	小心，会弄湿你们一身！……
水	我是多情温柔的，我对人类是善良的……
火	那么淹死的人呢？……
水	喜爱喷泉，倾听潺潺的流水吧……我总在那儿……
火	她把一切都淹没了！……
水	晚上，当你们坐在泉水边时——这儿的森林有不止一处——请尽力去听泉水的诉说……我控制不住了……眼泪噎住了我，我说不下去了……
火	一滴眼泪也没有！……
水	你们看到水瓶的时候，请想到我……你们同样可以在大口水壶、喷水壶、水池和水龙头里找到我……
糖	（天生的伪善，甜蜜蜜的样子）如果你们的记忆里还有一小块儿地方，那么请记着，我对你们总是甜蜜的……我不对你们多说了……眼泪同我的体质是不相容的，要是落在我的脚上，会使我受到伤害的……
面包	像个耶稣会教士！……
火	（尖叫）麦芽糖！水果糖！太妃糖！……
蒂蒂尔	蒂莱特和蒂洛到哪儿去啦？……他们在干吗？……

与此同时，猫发出了尖叫。

米蒂尔　（担心）蒂莱特在哭呢！……有人伤了她！……

　　　　猫奔入，毛发蓬松凌乱，衣衫被撕破，拿手帕按住面颊，仿佛害了牙痛。她怒气冲冲地呻吟着，被狗紧追不舍，狗用头撞她，用拳头打她，用脚踢她。

狗　　　（打猫）给你一下！……够了吗？……还要吗？……给你！给你！给你！……

光、蒂蒂尔、米蒂尔　（赶过去拉开）蒂洛！……你疯啦？……真有你的！……下去！……有完没完！……真是少见！……住手！住手！……

　　　　众人使劲儿把他们拉开。

光　　　怎么回事？……出什么事啦？……

猫　　　（装哭，擦眼泪）光夫人，都是狗欺侮我……他骂我，把钉子搁到我的汤里，他拉我的尾巴，他拼命打我，而我什么错也没有，全没有，全没有！……

狗　　　（模仿猫）全没有，全没有！……（嘲弄的手势，低声）无论如何你挨了揍，你挨了揍，好戏还在后头，你还要挨揍！……

米蒂尔　（搂着猫）我可怜的蒂莱特,告诉我你哪儿痛……我也要哭了！……

光　　　（严厉地对狗）我们就要同这两个可怜的孩子分手了,这个时候已经够令人心烦意乱的了,你却偏偏挑中这个时候让我们看到这种场面,这让你的行为显得更加不光彩……

狗　　　（突然醒悟过来）我们就要跟这两个可怜的孩子分手了吗？……

光　　　是的,你知道时候快到了……我们就要恢复沉默……我们再也不能跟他们说话了……

狗　　　（顿时发出真正绝望的悲号,投身到两个孩子怀里,热烈地抚摸他们,伴随着很大的响声）不,不！……我不想分手！……我不想分手！……我要永远会说话！……你是理解我心情的,我的小神仙,是不是？……是的,是的,是的！……要一直互相什么都能说,什么都能说！……我一定听话……我要学会念书写字,玩多米诺骨牌！……我会始终干干净净的……我再不到厨房里偷东西……你要我做出惊人的事情来吗？……你要我拥抱猫吗？……

米蒂尔　（对猫）你呢,蒂莱特？……你一句话也不对我们说吗？

猫　　　（造作、令人捉摸不透）我爱你们俩,这份爱就像

	你们应该得到的那样多……
光	现在轮到我了，孩子们，我给你们最后的一吻……
蒂蒂尔和米蒂尔	（攥住光的长裙）不，不，不，光！……留下来同我们待在一起吧！……爸爸不会说什么的……我们会对妈妈说，你很善良……
光	唉！我不能留下来呀……我不能进这道门，我该离开你们了……
蒂蒂尔	你一个人要到哪儿去？……
光	离这儿不远，孩子们，就在那边的万物沉默之土……
蒂蒂尔	不，不，我不让你走……我们俩同你一起去吧……我对妈妈说一声……
光	别哭，我的好孩子……我不像水会发出声音，我只有人根本听不懂的光亮……但我要照拂人类，直到世界末日……你们别忘了，在每一缕散布于空间的月光中，在每一丝微笑闪烁的星光里，在每一片喷薄而出的曙光中，在每一道点燃的灯光中，在你心灵美好明晰的思想闪光里，我都在跟你们说话……（墙后钟鸣八下）听！……时间到了……再见！……门打开了！……进去吧，进去吧，进去吧！……

她将两个孩子推过去，那扇小门打开了一点儿，

等两个孩子进去后,便又关上了。面包偷偷地拭去一滴眼泪,糖、水都哭泣着,他们飞快地奔逃,分别消失在左右两边的后台。狗在后台号啕痛哭。舞台上一时间空无一人,布置成那堵墙和那扇小门的背景从中间裂开,显露出最后一场的布景。

第十二场 睡 醒

　　布景与第一场相同,不过一切东西,包括墙、气氛,都显得更清新、更悦目、更欢快,像仙境一样无可比拟。日光从关闭的百叶窗的缝隙中畅快地透入。

　　在房间底部右方,蒂蒂尔和米蒂尔在他们的两张小床上熟睡着。猫、狗和物件都在第一场仙女来到前的原位上。

　　蒂蒂尔母亲上场。

蒂蒂尔母亲 (半嗔半喜)起来,呃,起来!小懒鬼!……你们不害臊吗?……八点的钟声都敲过啦,太阳已经升到森林上面了!……天哪!他们睡得多香,睡得多香!……(俯身亲吻两个孩子)他们的脸蛋都红通通的……蒂蒂尔身上有薰衣草的香味,米蒂尔身上有铃兰的香味……(再亲吻孩子)孩子们多好呀！……不过他们总不能一直睡到晌午……不能把他们养成懒骨头……而且听说这对身体也不好……（轻轻地摇蒂蒂尔）喂，喂，蒂蒂尔……

蒂蒂尔 （醒过来）怎么啦？……光呢？……她在哪儿？不，不，你不要走……

蒂蒂尔母亲 光？……光当然在那儿……天早就亮了……百叶窗关着呢，外边同晌午一样亮了……等一下，我来把窗打开……（她把百叶窗推开，炫目的日光照入房内）瞧！……你怎么啦？……像盲人似的……

蒂蒂尔 （揉眼睛）妈妈，妈妈！……是你呀！……

蒂蒂尔母亲 当然是我……你当是谁？……

蒂蒂尔 是你……对，就是你！……

蒂蒂尔母亲 可不，就是我……昨天晚上我的脸并没有变……干吗像看怪物那样瞪着我？……难道我的鼻子翻了个儿？……

蒂蒂尔 噢！再见到你多高兴啊！……分开这么久了，这么久了！……我要马上亲亲你……再亲一下，再亲一下，再亲一下！……这真是我的床！……我在家里。

蒂蒂尔母亲 你怎么啦？……你还没醒过来吗？……你大概病了吧？……来，伸出你的舌头……得了，起来吧，穿上衣服……

蒂蒂尔 咦！我穿着汗衫！……

蒂蒂尔母亲　你当然穿着汗衫……快穿上裤子和上衣吧……衣服都放在椅子上……

蒂蒂尔　我旅行时就穿着这些吗？……

蒂蒂尔母亲　什么旅行？……

蒂蒂尔　就是去年……

蒂蒂尔母亲　去年？……

蒂蒂尔　是呀！……圣诞节那天我走的……

蒂蒂尔母亲　什么你走了？……你没离开过房间……我是昨晚让你睡下的，今天早上你还在床上……你是在做梦吧？……

蒂蒂尔　你怎么不明白！……我同米蒂尔、仙女、光一块儿走的时候是去年……光非常好！还有面包、糖、水、火。他们老是打架……你没有生气吧？……你没有太伤心吧？……爸爸他说什么了吗？……我不能不去呀……我留了一张字条来解释……

蒂蒂尔母亲　你在胡说些什么？……你准是病了，要么就是你还没醒……（她爱抚地摇摇他）喂，你醒醒啊……呃，好点儿没有？……

蒂蒂尔　妈妈，我敢说……是你没睡醒呢……

蒂蒂尔母亲　什么？我还没睡醒？……我六点就起来了……我把家务事都收拾完了，还生着了火……

蒂蒂尔　你问问米蒂尔是不是真事……啊！我们经历了好多次冒险呢！……

蒂蒂尔母亲　什么？米蒂尔？……怎么回事？……

蒂蒂尔　她同我一起走的……我们还看见爷爷和奶奶了……

蒂蒂尔母亲　（越来越惊愕）爷爷和奶奶？……

蒂蒂尔　是呀，在思念之土……那是在路上……虽然他们死了，但他们身体很好……奶奶给我们做了好吃的李子馅儿饼……还有我的小兄弟姐妹罗贝尔、总拿着陀螺的让、玛德莱娜、皮艾蕾特、波莉娜和丽盖特……

米蒂尔　丽盖特是爬着走路的！……

蒂蒂尔　波莉娜鼻子上还有那个疱……

米蒂尔　我们在昨天晚上还看见过你呢。

蒂蒂尔母亲　昨天晚上？这没有什么奇怪的，因为是我招呼你们睡下的。

蒂蒂尔　不，不，是在幸福之园，你比现在要好看，但模样还是差不多的……

蒂蒂尔母亲　幸福之园？我可不认识……

蒂蒂尔　（注视她，然后抱吻她）是的，你比现在要好看，但我更爱你这样……

米蒂尔　（也抱吻她）我也是，我也是……

蒂蒂尔母亲　（感动，但非常不安）我的上帝！他们怎么啦？……我又要失去他们俩了，就像先前失去的那样！……（忽然惊惶地喊起来）蒂蒂尔爸爸！蒂蒂尔爸爸！……你来呀！孩子们病啦！……

蒂蒂尔父亲上场，手拿斧头，十分平静。

蒂蒂尔父亲 什么事？……

蒂蒂尔和米蒂尔 （快乐地跑过去抱吻父亲）哎，爸爸！……是爸爸！……你好，爸爸！……这一年你干了很多活儿吗？……

蒂蒂尔父亲 什么？……怎么回事？……他们不像生病的样子，他们俩气色非常好……

蒂蒂尔母亲 （眼泪汪汪）不能光看这个……会像早先那些孩子一样……他们的气色直到最后也是很好的，可上帝后来还是把他们夺走了……我不知道他们俩怎么回事……昨天晚上我招呼他们俩睡下时还非常安定，可今天早上醒来的时候，瞧，一切都不对了……他们简直不知在说些什么，他们俩还说什么旅行来着……他们看到了光呀、爷爷呀、奶奶呀，又说爷爷奶奶虽然死了，但身体可好啦……

蒂蒂尔 爷爷仍然套着他的木腿……

米蒂尔 奶奶仍然有风湿痛……

蒂蒂尔母亲 你听见了吗？……快去叫医生来！……

蒂蒂尔父亲 不用，不用……他们俩又不是快要死……呃，我们来看看……（有人敲门）请进！

女邻居小老太婆上场,她活像第一幕中的仙女,拄着一根拐杖。

女邻居 早上好,节日好!

蒂蒂尔 是贝丽吕娜仙女呀!……

女邻居 我来向你们讨一点儿火种去烧过节的炖牛肉……今天早上冷得够呛……早上好,孩子们,你们好呀?……

蒂蒂尔 贝丽吕娜仙女太太,我没有找到青鸟……

女邻居 他说什么?……

蒂蒂尔母亲 问我也没用,贝兰戈太太……他们俩简直不知说些什么……醒来就这样……大概是吃了什么不好的东西了……

女邻居 喂,蒂蒂尔,你不认得贝兰戈大妈,你的邻居贝兰戈吗?……

蒂蒂尔 认得,太太……您是贝丽吕娜仙女……您不生气吧?……

女邻居 贝丽……什么?

蒂蒂尔 贝丽吕娜。

女邻居 贝兰戈,你是想说贝兰戈吧……

蒂蒂尔 贝丽吕娜,贝兰戈,随您的便,太太……米蒂尔知道得可清楚啦……

蒂蒂尔母亲 那就更糟糕了,米蒂尔也这样……

蒂蒂尔父亲 不要紧，不要紧！……一会儿就会过去的。我来打他们几记耳光……

女邻居 由他们去，用不着打……我知道怎么回事，只不过是受到点儿梦的影响……他们俩大概睡在了月光下……我那个病恹恹的小姑娘常常会这样……

蒂蒂尔母亲 对了，你的小姑娘身体怎么样啦？

女邻居 马马虎虎……还不能起床……医生说是神经性毛病……我不知道什么能治好她……今天早上她还问我来着，她要过圣诞节，她老想着这个……

蒂蒂尔母亲 对，我知道，她总想要蒂蒂尔的鸟儿……喂，蒂蒂尔，你总该把鸟儿送给这可怜的小姑娘了吧？……

蒂蒂尔 送什么，妈妈？……

蒂蒂尔母亲 送你的鸟儿……你现在都不管这只鸟儿了……连看都不看一眼……小姑娘想要这只鸟儿想了这么久，都要想死了！……

蒂蒂尔 嗨，真的，我的鸟儿……鸟在哪儿？……啊！鸟笼在这儿！……米蒂尔，你看见鸟笼了吗？……就是面包提着的那一只……是的，是的，就是这一只，可是只有一只鸟儿了……难道他把另一只吃了？……瞧！瞧！……是只青鸟！……可那是我的斑鸠哇！……不过这鸟儿比我走时颜色更青！……这一定就是我们要寻找的那只青鸟！……我们走了那么远的路，鸟儿就在这儿！……啊！真妙呀！……米蒂尔，你看清楚这只鸟儿了吗？……光会怎么说呢？……我去把鸟笼取下来……（他爬上椅子，取下鸟笼，递给女邻居）拿去，贝兰戈太太……这鸟儿的颜色还没有完全变青，您往后瞧吧，它会全变青的……快拿去给您的小姑娘吧……

女邻居 当真？……你就这样白白地送给我了吗？……天哪！她会多高兴啊！……（抱吻蒂蒂尔）我得亲亲你！……我走了！……我走了！……

蒂蒂尔 好，好，快走吧……有的鸟儿会改变颜色……

女邻居 她说什么，我回头再来告诉你们……

女邻居下场。

蒂蒂尔 （长时间环顾四周）爸爸，妈妈，你们在家干什么来着？……房里没变样，但漂亮多了……

蒂蒂尔父亲 怎么，好看多了吗？……

蒂蒂尔 是的，全都粉刷过了，全换上新的，什么都闪闪发亮，非常干净……去年可不是这样的……

蒂蒂尔父亲 去年？……

蒂蒂尔 （走到窗前）看看这片森林！……多大多美呀！……仿佛刚长出来似的！……在这儿多么幸福哇！……（走过去打开面包箱）面包在哪儿？……瞧，面包多安静啊……还有，这儿是蒂洛！……你好，蒂洛，蒂洛！……啊！你搏斗得真出色！……你还记得森林里的那一仗吗？……

米蒂尔 蒂莱特呢？……她认得我，可她不会说话了……

蒂蒂尔 面包先生……（摸额角）咦，我的钻石没了！谁拿走了我的小绿帽？……算了！我再也不需要了……啊！火！……他多好！……他笑得噼啪作响，惹得水要发狂……（跑到水龙头那儿）水呢？……你好，水！……她说什么？……她还在说话，但我不像以前那样，能听懂她的话了……

米蒂尔 我没有看到糖……

蒂蒂尔 天哪，我真开心，开心，开心！……

米蒂尔 我也开心，我也开心！……

蒂蒂尔母亲 他们俩这样转来转去干什么？……

蒂蒂尔父亲 不用管他们，别担心……他们俩这样觉得很开心……

蒂蒂尔 我呀，我尤其喜欢光……她的灯放在哪儿？……能把灯点着吗？……（环视四周）天哪，一切多美呀，我真高兴！……

有人敲门。

蒂蒂尔父亲 请进！……

女邻居上场，牵着一个小姑娘，金黄头发，美貌出众，紧抱着蒂蒂尔的斑鸠。

女邻居　你们看，真是奇迹！……

蒂蒂尔母亲　真想不到！……她能走路啦？……

女邻居　走路！……简直是在跑呢，在跳呢，在飞呢！……她一看见鸟儿就跳了起来，这样一蹦，就到了窗前，想凑着亮光看清是不是蒂蒂尔的斑鸠……之后嘛，嗨！……就像天使飞到了街上……我好不容易才跟上了她……

蒂蒂尔　（惊讶地走过去）噢！她长得多像光啊！……

米蒂尔　她要小得多……

蒂蒂尔　那当然！……不过她会长大的……

女邻居　他们在说些什么？……还没有恢复正常吗？……

蒂蒂尔母亲　好些了，会过去的……吃过饭以后就不会这样了……

女邻居　（把小姑娘推到蒂蒂尔怀里）去，孩子，去谢谢蒂蒂尔……

蒂蒂尔突然一惊，退了一步。

蒂蒂尔母亲　喂，蒂蒂尔，你怎么啦？……你怕这个小姑娘？……

来，亲亲她……好好给她一个吻……还要好一点儿的……你平时是不害羞的！……再来一个！……你怎么啦？……你好像要哭了……

蒂蒂尔笨拙地抱吻过小姑娘以后，有一会儿伫立在她面前，两个孩子相对而视，一言不发。然后，蒂蒂尔抚摸着鸟儿的头。

蒂蒂尔　鸟儿够青了吗？……
小姑娘　够青了，我很喜欢……
蒂蒂尔　我看见过颜色更青的……纯青纯青，你要知道，怎么逮也逮不着。
小姑娘　没有关系，这只鸟儿够漂亮的了……
蒂蒂尔　这只鸟儿吃过东西吗？……
小姑娘　还没有……它吃什么？……
蒂蒂尔　什么都吃，麦子呀、面包呀、玉米呀、知了呀……
小姑娘　你说，它怎么吃的？……
蒂蒂尔　用嘴吃，你会看到的，我来叫它吃给你看……

他要从小姑娘手里接过鸟儿来，小姑娘本能地不肯，正当他们你推我拉的时候，斑鸠趁机挣脱，腾空而去。

小姑娘 （发出绝望的喊声）妈妈！……鸟儿飞走了！……

她号啕大哭。

蒂蒂尔 没有关系……别哭……我会抓回来的……（走到前台，对观众）如果有谁抓到了，愿意还给我们吗？……我们为了将来的幸福，非要它不可……

幕落。

——全剧终

注 释

[1] 即夏尔·贝洛（1628—1703），法国作家，著有童话《灰姑娘》《小红帽》《小拇指》《穿靴子的猫》等。

[2] 甘泪卿是德国作家歌德的代表作诗剧《浮士德》中一个充满悲剧色彩的女性形象。

[3] 约翰牛是英国的拟人化形象，源自约翰·阿巴思诺特的讽刺小说《约翰牛的生平》。书中主人公约翰牛是一个头戴高帽、足蹬长靴、手持雨伞的矮胖绅士，后来成为英国人自嘲的形象。

[4] 圣徒节又称诸圣节，是每年的11月1日；10月31日为万圣夜。

[5] 巴赞（1811—1888），法国元帅，1870年曾任法军洛林地区的统帅，被普军大败。

[6] 委罗内塞（1528—1588），意大利威尼斯画派画家。

[7] 鲁本斯（1577—1640），佛兰德斯画家。

[8] 一种装饰图案,状如倒挂的动物角,角口溢满水果,象征富足。

[9] 棕榈节,在复活节的前一周。

[10] 忒奥克里托斯(约前310—前250),古希腊田园诗人。

[11] 维吉尔(前70—前19),古罗马诗人。

附录：梅特林克年表

1862年出生于比利时根特市。

1874年进耶稣会办的圣特·巴勃中学学习。

1881年开始学习法律，并在《年轻的比利时》上发表诗作。

1885年获法学博士文凭；在埃德蒙·比卡尔律师所实习。

1886年去巴黎学习法律，并加入律师协会。

1889年诗集《温室》出版。剧本《玛莱娜公主》问世，法国作家奥克塔夫·米拉波在《费加罗报》上撰文赞扬。

1890年发表剧本《不速之客》和《盲人》。

1891年翻译出版了用弗拉芒语写作的神学家罗斯博洛克（1293—1381）的作品《精神婚姻的荣誉》。剧本《七公主》问世。

1892年发表剧本《佩利亚斯与梅丽桑德》。

1894年剧本《阿拉丁和帕洛密德》、短剧《室内》、剧本《丹达吉勒之死》先后问世。

1895年与法国女演员乔若特·勒勃朗结合。翻译并出版德国诗人诺瓦利斯的论文《萨依斯的信徒》和其他片段。

1896年发表抒情诗《十二首歌》(于1900年改为《十五首歌》),剧本《阿格拉凡和赛莉塞特》、散文集《卑微者的财富》问世。迁居法国,先后在巴黎、诺曼底、尼斯等地区居住,直到1939年。

1898年发表散文集《明智和命运》。

1901年散文集《蜜蜂的生活》、剧本《阿丽亚娜和蓝胡子》、《贝阿特丽丝嬷嬷》问世。

1902年发表剧本《莫纳·瓦娜》、散文集《被埋葬的寺院》。

1903年剧本《乔赛尔》问世。

1904年发表散文集《双重的花园》。

1907年散文集《花的智慧》问世。

1908年剧本《青鸟》问世。

1911年获诺贝尔文学奖。

1913年发表长篇散文《死亡》。

1917年发表剧本《斯蒂蒙德市长》和《生活的盐》。

1918年12月与乔若特·勒勃朗离异。

1919年娶女演员勒内·达翁为妻,发表剧本《圣安东尼显灵记》和散文集《山间小径》。

1921年发表散文集《大秘密》。

1926年散文集《白蚁的生活》出版。

1928年发表散文集《空间生活》。

1929年散文集《大魔法》问世。

1930年发表散文集《蚂蚁的生活》。

1932年被比利时国王封为伯爵。发表长篇散文《玻璃蜘蛛》。

1933年散文集《伟大的法律》面世。

1934年散文集《在沉寂之前》问世。

1936年发表散文集《沙漏》。

1937年发表散文集《面对上帝》。

1939年散文集《大门》问世。因第二次世界大战爆发而移居美国。

1947年返回法国。

1949年5月5日在法国尼斯逝世。